新 潮 文 庫

ファントム・ペイン

—天命探偵　真田省吾３—

神 永　学著

新 潮 社 版

9502

目次

プロローグ　8

第一章　Phantom　21

第二章　Pain　121

第三章　Revenge　273

エピローグ　397

ファントム・ペイン

――天命探偵 真田省吾3――

敵を愛し、自分を迫害する者のために祈りなさい。

——「マタイによる福音書」5・44

プロローグ

「雨か……」

山縣《やまがた》は、車の運転席から、フロントガラスで弾《はじ》ける雨粒を見ながら呟《つぶや》いた。

――愛した女が死んだのも、雨の夜だった。

眠らせていたはずの記憶が、鮮明な映像となって脳裏に蘇《よみがえ》ってくる。

霊安室で対面した女の顔は、安らかとは言い難いものだった。瘦《や》せ細り、眼窩《がんか》は落ちくぼみ、頰も厚みをなくしていた。

死因は、薬物の過剰摂取によるショック死だった。

だが山縣は、本当は何が彼女を死に追いやったのかを知っていた。

――彼女を殺したのはこの私だ。

山縣は、その罪の意識を自分の胸の一番深いところに沈め、誰にも打ち明けることはなかった。

　忘れようと努力したこともあったが、無駄だった。

　罪を償うことなく、忘れることなどできないのだと山縣は悟った。では、どうすれば罪を償うことができるのか――。

　今に至るも、その答えは見つからない。

「どうだ？」

　助手席に座る皆川《みながわ》が、煙草《たばこ》ケースを向けてきた。

「頂きます」

　ケースから煙草を抜き取った山縣は、皆川のライターを借りて火を点《つ》けた。

　吸い込んだ煙とともに、舌先にピリピリと痺《しび》れるような感覚があった。

「本当に来ると思うか？」

　皆川が、自らも煙草に火を点け、フロントガラスの向こうに視線を向ける。

　その視線の先には、三階建てのクラブハウスが見える。

　六本木に近い場所にあるこのクラブハウスは、平日休日を問わず、多くの人で賑《にぎ》わう。テレビ局が近いこともあり、業界人が多く顔を出すことで知られている。

　午後二時――。

まだ人の姿はない。

山県は、力強く頷《うなず》いた。

「来ます」

今日、開店前のこのクラブハウスで、麻薬の売買が行われる。

その情報をもたらしたのは――。

山縣は、ルームミラー越しに、後部座席に目を向けた。

宮野理子《みやのりこ》――。

色白で、切れ長の目に、厚みのある唇。派手な顔立ちをしていて、一見二十代半ばのようだが、まだ十代の少女だ。

理子は、眠っているかのように頭を垂れている。

だが、はっきり意識があることは明白だった。膝《ひざ》の上で握った拳《こぶし》が、小刻みに震えていた。

怯《おび》えているのだ――。

「お前が言うなら、間違いないだろう」

皆川は、ゆっくり煙を吐き出し、シートに深く沈み込んだ。

――必ず、助けてやる。

山縣は、心の中で理子に向かって呟く。
その想《おも》いが届いたのか、理子がわずかに顔を上げた。
「……お願いがあります」
喉《のど》に何か引っかかったような掠《かす》れた声。
その瞳《ひとみ》が、不安を表わすかのようにゆらゆらと揺れる。
「なんだ？」
皆川が、後部座席を振り向きながら訊《たず》ねる。
理子は、ガサガサに乾燥した唇を舐《な》めたあと、きっと目に力を込めた。
「殺してください」
その言葉を聞き、山縣は背筋がぞくっとした。
凍《い》てつくような空気が、狭い車内に充満していく。
かつて愛したはずの男の死を望む——それは、不自然な感情の流れのように思えた。
だが、もし裏切りが知れれば、やつは、躊躇《ちゅうちょ》なく理子を殺すだろう。
今、山縣たちが待っているのは、そういう男だ。
〈来ました〉
車に搭載された無線機から、声が聞こえてきた。

皆川は、煙草を灰皿に押しつけ、フロントガラスの向こうに視線を向ける。山縣もそれに倣《なら》った。

雨の向こう、五メートルほど先に、白いベンツが停車した。

助手席から、屈強な身体《からだ》つきのボディーガードらしき男が降り立ち、後部に廻り、傘を差しかけながらドアを開ける。

一人の男が出て来た。

——奴《やつ》だ。亡霊と呼ばれる麻薬シンジケートのボス。

細身のスーツ姿で、長い髪を後ろになでつけている。

一見するとＩＴ系のベンチャー企業の社長のようだ。現に、男はそれを隠れ蓑《みの》にしてきた。

だが、隙《すき》のない立ち振る舞いと、鋭い眼光が、堅気の人間でないことを証明している。

「行くぞ」

皆川は、言うのと同時に車を降りた。

すぐそれに続こうとした山縣だったが、後部座席から注がれる視線にからめ取られ、動きを止めた。

「大丈夫。必ず捕まえる」

山縣は、振り返りながら理子に告げた。

理子は、山縣の言葉に、無表情に首を左右に振った。

「殺して」

もう一度、彼女が言った。

山縣は、それに答えることなく車を降り、雨の中、小走りに皆川のあとを追った。

雨は、山縣が外に出るのを待っていたかのように激しさを増し、みるみるうちに身体全体を濡《ぬ》らしていく。

「俺が、声をかける」

皆川は、追いついてきた山縣にそう言うと、真《ま》っ直《す》ぐ男に目を向けた。

クラブハウスの前に立ち、中に入ろうとしていた男が、皆川の研ぎ澄まされた鋭い視線を受け、動きを止めた。

それに反応して、ボディーガードが身構えた。

一気に緊張が高まる——。

男の逃げ道を塞《ふさ》ぐように、反対側から二人の刑事が近づいて来る。

挟み撃ちのかっこうだ。

「黒木京介《くろききょうすけ》さんですね」

男の前まで歩み寄った皆川は、警察手帳を提示しながら声をかけた。

「はい。そうです」

黒木は、はっきりした声で答えた。

狼狽《ろうばい》したり、逆上するような愚は犯さなかった。やましいことは何もない。そう言っているようだった。

「そのカバンの中身を見せてもらえますか？」

「なんだ、てめぇら！」

ボディーガードが、いきなり皆川の胸を突き飛ばす。

山縣は、すぐにボディーガードとの距離を詰め、右腕を捻《ねじ》り上げ、なぎ倒した。

「てめぇ！　何しやがる！」

「公務執行妨害と暴行の現行犯だ」

淡々とした口調で言うと、山縣はそのまま、うつ伏せの男の背中に体重をかけて膝を乗せ、後ろ手に手錠をかける。

少しは動じるかと思ったが、黒木はそれでも無表情のままだった。

「分かりました。中を見せれば、それで誤解は解けるんですね」

黒木は、抑揚のない口調で言うと、アタッシュケースを下に置き、屈《かが》み込むようにしてロックを外した。

二人の刑事も合流し、四人で黒木を囲み、覗《のぞ》き込む。

山縣の中で、嫌な感覚が広がっていく。

取引を行うのに、ブツを持って来ていないはずがない。開ければ、言い逃れできなくなる。

――理子の情報が間違いだったのか？

山縣は、首を左右に振ってその考えを否定する。理子の目は、嘘《うそ》を言っていない。

――では、なぜ？

黒木が、おもむろにアタッシュケースの蓋《ふた》を開け、中に手を差し込む。

「伏せろ！」

山縣が叫ぶのとほぼ同時に、黒木は、アタッシュケースに隠してあった拳銃《けんじゅう》を取り出した。

素早く立ち上がり拳銃を構えた黒木は、容赦なく引き金を引いた。

パンパン。

乾いた銃声が二発――。

あとから合流した二人の刑事が、次々と倒れた。

一人は頭から血を流し、手足を大の字に広げたままピクリとも動かない。もう一人は、腹を押えて蹲《うずくま》っている。

「黒木！」

皆川が、懐《ふところ》のホルスターから拳銃を抜いた。

だが、黒木は動じない。

ゆっくりと銃口を皆川に向ける。

「銃を捨てろ！　捨てないと撃つ！」

皆川が、引き金に指をかける。

だが、それより早く、黒木は至近距離で皆川を撃った。

銃声とともに皆川は拳銃を取り落とし、右の肩口を押えながらもんどりうって倒れた。

連続して起きる想定外の事態に、山縣は映画を観《み》ているような錯覚に陥った。

黒木は、白い歯を見せ、下卑《げび》た笑いを浮べると、ボディーガードを置き去りにしたまま、悠然と車に戻って行く。

自分たちが、黒木を甘く見ていたことを思い知らされた。

黒木は、ただの売人ではない。人を殺すことに痛みを感じない。そういう類《たぐい》の男だ。

――殺して。

山縣の脳裏を、理子の言葉が過《よ》ぎった。

理子は、黒木のそういう一面を知っていた。だからこそ、殺して欲しいと懇願した。そうしなければ、自分が殺されるからだ。

ここで黒木を逃がすことは、理子を見殺しにすることになる。

山縣は、皆川の落とした拳銃を拾い、立ち上がった。

「黒木！」

腹の底から叫んだ。

車のドアに手をかけていた黒木が振り返った。

冷たい目をしていた。

「撃ってみろ」

黒木は、挑発するように言うと、拳銃をアスファルトの上に落とした。

無抵抗だという意思表示。日本の警察は、無抵抗の人間に発砲してはならない。

試している――いや、黒木は遊んでいる。山縣がどういう反応をするのか、楽しんでいる。

大粒の雨が、アスファルトに打ち付けている。
——雨は、嫌いだ。
山縣は拳銃を構え、黒木の額に照準を合わせた。
「お前らには撃てない。警察だからじゃない。人を殺すことに、痛みを感じるからだ」
黒木は、そう言うと、くるりと背中を向けた。
——私を見捨てないで。見捨てるのなら、殺して。
愛した女の言葉が、耳朶《じだ》に蘇《よみがえ》る。
あのとき、山縣は女を見捨てた。その結果、彼女は死んだ。
今度も同じようなものだ。もし、ここで黒木を逃がせば、また犠牲者が出る。
山縣は、拳銃を構えたまま動けなかった。迷いを断ち切れなかった。
黒木が、車のドアを開けた。
「撃て!」
声が響いた。
皆川だった。肩を押えたまま、前のめりになり叫んでいた。
——殺して。

また、声が聞こえた。
それは、愛した女の声なのか、理子の声なのか、判断ができなかった。
「お前には、撃てない」
黒木は、振り返り山縣に言った。
山縣は、引き金に力を込めた――。
雨の音を切り裂くように、銃声が轟《とどろ》いた。

第一章　Phantom

一

中西志乃《なかにししの》は、薄暗い部屋の中にいた。

四畳ほどの狭い空間で、部屋の一番奥には、腰の高さほどの衝立《ついたて》で仕切られただけの粗末なトイレと、洗面台が備え付けられている。

窓には、鉄格子《てつごうし》が嵌《は》められ、青みがかった月の光が差し込んでいた。

入り口は、小さな覗《のぞ》き窓がついた鋼鉄製の扉で固く閉じられている。

初めて見る場所だったが、ここがどこなのか、おおよそ見当がついた。

刑務所の独房だろう——。

一人の男がいた。

囚人服と思われるグレイの服を着て、ぴんと背筋を伸ばし、扉の方を向き、坐禅《ざぜん》を組んでいる。

丸坊主《まるぼうず》の頭に、卵のようにつるんとした顔立ちで、一見穏和な印象を受けるが、太い眉《まゆ》の下にある眼は、獲物を狙《ねら》う猛禽類《もうきんるい》のように、冷たい輝きを放っていた。

食いちぎられたように、右耳の上半分が欠損している。

――あなたは誰？
志乃の問いかけは、男の耳には届かない。
静寂の中に、規則正しく繰り返される男の息遣いだけが響いていた。
――これは、あたしの夢。
志乃は、自分が夢の中にいることを自覚した。
男は、不意に顔を上げ、口許《くちもと》を緩めてわずかに微笑《ほほえ》んだ。
背筋が凍りつくような冷たい笑いだった。
やがて、男はゆっくりと立ち上がった。
月の明かりに照らされたその目は、何かを覚悟しているようだった。
男は、壁に取り付けられた棚に置いてある本を手に取った。
その本のタイトルを見て、志乃は違和感を覚えた。
――新約聖書。
さっきまで坐禅を組んでいた男が、聖書を手にする。
僧侶《そうりょ》が、十字架に祈りを捧《ささ》げるようなものだ。
男は、栞《しおり》が挟んである聖書のページを開く。
――敵を愛し、自分を迫害する者のために祈りなさい。

聖書の一節だ。

――あなたは、何をしようとしているの？

混乱する志乃をよそに、男は着ていた囚人服の上着と、Tシャツを脱いだ。

彫像のように余分な脂肪のない、鍛え上げられた肉体が露《あら》わになる。月の光に照らし出される陰影は、美術品のように美しかった。

男は、脱いだ上着を両手で絞るようにして、紐状《ひもじょう》にしていく。

――それを、どうするつもり？

志乃は必死に頭を巡らせたが、いくら考えたところで、男の目的は分からない。

――お願い。教えて。あなたは、何をしようとしてるの？

その願いを断ち切るように、志乃の目の前が真っ暗になった――。

息が詰まる。

深い海の底に、ずぶずぶと沈んでいくような感覚だった。


志乃は、苦しみから逃れるように目を覚ました。

肺に一気に空気が入り込み、咽《む》せ返す。

呼吸を整えたところで、ようやく視界がはっきりして来た。

白い天井が見えた。白い壁に囲まれた部屋で、白いカーテンの隙間《すきま》からは、乾いた光が差し込んでいた。

志乃は、窓際《まどぎわ》にあるベッドに寝ていた。

見慣れた自分の部屋であることに気づき、ほっと胸を撫《な》で下ろす。

「夢……か……」

さっき見た光景が、夢であることを改めて自覚し、上体を起こした。

本来なら、嫌な夢から目覚めれば、それで安心するところなのだが、志乃にはそうできない理由があった。

志乃にとって、夢は特別な意味を持つ。

初めて悪夢を見たのは、今から八年前——母が交通事故で死んだ日だった。

その事故のとき、志乃も車に同乗していた。両足を複雑骨折したが、幸い命に別状はなかった。

病室のベッドで志乃が見た夢は、ある家族が射殺される光景だった。

そして、それは現実のものとなった。

それ以来、繰り返し人が死ぬ夢を見るようになった。そして、志乃の夢の中で死んだ人は、現実でも必ず死ぬ。

予知夢のようなもの――志乃は、そう認識していた。

夢で見た人の死を止めようと、奔走したこともあった。だが、運命は変えられなかった――。

志乃は、胸に突き刺さるような痛みを覚え、シーツをぎゅっと握り締めた。

志乃に転機が訪れたのは、昨年のことだ。

一人の青年に出会ったことで、変えようのない運命の歯車が狂い始めた。

――真田《さなだ》省吾《しょうご》。

志乃の脳裏に、真田の顔が浮かんだ。

真《ま》っ直《す》ぐ伸びた鼻筋に、はっきりとした眉。そして、強い意志を持った目。

右の額には、拳銃《けんじゅう》で撃たれた傷が今も残っている。

真田は、志乃が変えられなかった運命を、無謀ともいえる行動力と、決して諦《あきら》めない意志の強さで、いとも簡単に変えてしまった。

真田に会って以来、志乃の夢は、絶対ではなくなった――。

志乃は、布団《ふとん》をめくり自分の足に目を向けた。

事故以来、動くことのない足は、瘦《や》せ細り、棒きれのようだ。

傷は完治したが、志乃は母親を失った精神的なショックから歩くことを止《や》め、車椅《くるまい》子《す》での生活を続けている。

一年前からリハビリを始めたが、再び歩けるようになるには、まだまだ時間がかかる。だが、決して諦めない。

「運命は、変えられる……」

志乃は、天井を見上げて呟《つぶや》いた。

真田が証明してくれたこと。だから——。

二

「さて、行きますか」

真田は、スケートボードのデッキに足をかけ呟いた。

今からやろうとしているのは、それほど難しいトリックではない。

だが、ここは住宅街の中にある小さな公園で、あまり助走がとれないし、凹凸のある土の上では安定感も得られない。

難易度は飛躍的に上がる。

真田は、大きく息を吸い込み、集中力を高めてから右足で強く地面を蹴《け》る。

重心を低くして助走をつけ、デッキに横回転をくわえながら大きくジャンプ。

着地と同時に、デッキをとらえる。

「決まった」

思った瞬間に、ほんの少しだけ油断が生じた。

それがそのまま重心のわずかなズレにつながり、バランスを崩して前のめりに地面に倒れ込んだ。

その拍子に、デッキに鼻を思いっきり打ち付けた。

〈張り込み中に、目立つことをするんじゃない〉

ポータブル無線機につないだインカムから、のんびりした口調の山縣の声が聞こえてきた。

真田が視線を向けると、公園から十メートルほど離れた路上に、濃いメタリックブルーのハイエースが停車しているのが見えた。

山縣は、真田の育ての親で、勤務する探偵事務所の所長でもある。

白髪混じりの髪に、無精ひげ。シャツはよれよれだし、いつも寝起きのような風体だが、それは見せかけだ。

元警視庁防犯部の刑事で、射撃の名手としても知られ、オリンピックの代表候補になったこともある。

頭の回転も速く、探偵事務所の所長として、曲者《くせもの》たちをまとめ上げている。

「別に、目立とうとしたわけじゃねぇよ」

真田は、ジーンズについた土埃《つちぼこり》を払いながら立ち上がった。

〈じゃあ、今のは失敗か〉

「改めて言うなよ」

山縣の唯一《ゆいいつ》の難点は、小言が多いこと。

〈真田君でも、失敗することがあるのね〉

志乃の声が聞こえてきた。

「ちょっと油断しただけだ」

〈弘法《こうぼう》も筆の誤りね〉

志乃が、明るく応じる。

真田のいる場所からでは、ハイエースの中にいる志乃の顔までは確認できない。だが、彼女が笑っているのは、その声のトーンで分かった。

最初に会ったときと比べて、ずいぶん快活になった。

志乃に初めて会ったのは一年前――渋谷にあるホテル前の路上だった。

そのときのことは、鮮烈な印象となって脳裏に焼き付いている。

陶磁器のような白い肌に、整った顔立ち。目を瞠《みは》るような美人なのに、その表情は、世界中の哀《かな》しみを一人で背負ったような憂《うれ》いを帯びていた。

志乃が、そうなったのには理由がある。

彼女は、他人には計り知れない過酷な運命を背負っている。

「最近、夢は見るのか？」

真田は、スケートボードのデッキを蹴り上げ、右手でキャッチしながら訊《き》いてみた。

志乃が最後に人が死ぬ夢を見たのは、今から半年前——。

一連の狙撃《そげき》事件に巻き込まれたときだった。

あれ以来、志乃から夢の話は聞かなくなった。もしかしたら悪夢はもう終ったのかもしれない。できることなら、そうあって欲しい。

すぐ答えが返ってくるかと思ったが、一瞬の間があった。

〈よく分かりません〉

志乃が、さっきの明るさが嘘《うそ》のように沈んだ声で言った。

「見たのか？」

〈夢は見たんですけど、いつもと違うんです〉

「違う？」

真田は、スケートボードを近くにあったベンチに立てかけ、自らも腰を下ろした。

〈男の人が出てきました。場所は、多分刑務所だと思います。その人は、何かの準備をしているようでした〉

「何かって？」

〈分かりません……〉

志乃の声は、どんどん小さくなっていく。彼女自身、どう説明していいのか迷っているといった感じだ。

「それで？」

いろいろ訊きたいことはあるが、とにかく先を促す。

〈そこで、夢が終ってしまったので……〉

志乃が、ため息まじりに言った。

「じゃあ、夢の中に出てきた男は、死ななかったんだろ」

〈はい〉

真田は、志乃の返事を聞き、ほっと胸を撫で下ろす。

「死んでないなら、気にすることねぇよ。ただの夢だ」

〈でも、普通の夢とは、少し違ったんです〉

「どういうことだ？」

〈悪いけど、その話は、あとにしてもらえる。彼女が、出て来たわよ〉

女の声が無線に割り込んできた。

学校の正門前で張り込みをしている同僚の公香《きみか》だ。

「邪魔すんなよ」

〈何言ってんのよ！　いっつも邪魔するのは、あんたでしょ！〉

ヒステリックな公香の声が、耳の奥に突き刺さる。

――黙ってれば、いい女なのに。

真田は、心の中で呟いた。

公香は、スタイルもいいし、並のモデルなら尻込《しりご》みするほどの美人だ。特に切れ長の目と、厚みのある唇には、妖艶《ようえん》な色気がある。

だが、残念なことに口が悪い。あれでは、男も逃げ出す。

「そんなデカイ声出すと、尾行がバレちまうぞ」

〈あんたじゃあるまいし、そんなヘマはしないわよ〉

「この前、見失って志乃に尻ぬぐいしてもらったのは、どこの誰だっけ？」

真田は、スケートボードを脇《わき》に抱えて立ち上がると、公園脇の路上に停めておいたバイクに歩み寄った。

YAMAHAのマジェスティだ。

カスタムスクーターの中でも、スピードを追求して開発されたマシーンで、抜群の加速性を誇る。

〈真田。公香から尾行を引き継げ〉

山縣から指示が入った。

「了解」

真田は、マジェスティのシートを持ち上げ、トランクからフルフェイスのヘルメットを取り出し、代わりにスケートボードを仕舞う。

〈もう壊すなよ〉

山縣が、気怠《けだる》い口調で言う。

前回の事件のとき、バイクを二台大破させた。

本当なら、自転車で尾行をしなければならないところを、バイクショップの河合《かわい》に無理を言って中古のこのバイクを手配してもらった。

最初は、シルバーホワイトの車体だったが、目立つので、ブラックメタリックに塗装し直してある。

「分かってるって」

真田は、軽く返しながらヘルメットを被《かぶ》り、マジェスティにまたがった。

セルでエンジンを回すと、シートから心地よい震動が伝わってくる。

〈今、甲州街道方面に向かってるわ。歩道橋があるから、そこでバトンタッチね〉

公香が言う。

「了解」

真田は、スタンドを上げ、エンジンを空吹かしする。

ガソリンの臭《にお》いが鼻をつく。

「志乃」

バイクをスタートさせる前に、真田は改めて呼びかけた。

〈何ですか？〉

「戻ったら、さっきの夢の話の続きを聞かせてくれ」

〈はい〉

志乃がさっきより大きな声で返事をした。

〈あらあら、お熱いこと〉

すかさず公香の茶々が入る。

「女の嫉妬《しっと》は見苦しいぜ」

〈自意識過剰な男は、嫌われるわよ〉

「他人のことを言えた義理か？」

〈どういう意味？〉

「自分の胸に訊いてみな」

〈あんたね……〉

真田は、言いかけた公香の言葉を遮るように、勢いよくアクセルを吹かし、バイクをスタートさせた。

三

池田《いけだ》公香は、少女の背中を視界の隅に捉《とら》えながら歩いていた。

ちょうど学校が終った時間で、路上いっぱいに女子中学生が溢《あふ》れている。

渋谷などにたむろしている輩《やから》とは違い、みな清楚《せいそ》で純真そうな雰囲気だ。さすがはお嬢様学校といったところだ。

公香は、ターゲットの少女を見失わないように細心の注意を払った。

近すぎても、遠すぎてもダメ。適度な距離を保ちながら自然に歩く。簡単そうだが、これが思いの外難しい。

公香も、探偵の仕事を始めた頃は、かなり手こずった。

――ターゲットに呼吸を合わせればいい。

山縣のその一言で、コツを摑《つか》んだ。

〈今、どの辺りだ?〉

無線機につないだインカムから、真田の声が聞こえて来た。

後先考えずに突っ走る、無鉄砲を絵に描いたような男だが、不思議と人を惹《ひ》きつける魅力がある。いつの間にか周りにいる人を巻き込み、変えていってしまう。

「甲州街道にある歩道橋の手前」

公香は、真田のことを考えていた頭を素早く切り替え、声を潜めて簡潔に答えた。

目の前を歩く少女の名は、桜田恭子《さくらだきょうこ》。中学二年生。

他の同年代の娘《こ》と比べて、少し幼い印象があるものの、顔つきも身体《からだ》つきも、これといって特徴がない目立たないタイプだ。

だが、恭子を取り巻く環境は平均的な家庭とは少し違う。

彼女の父親は、日本有数の製薬会社の社長だ。

今回の依頼は、恭子の父親である晴敏《はるとし》からのものだった。

——最近、帰りの遅い娘の素行調査をして欲しい。

〈ファミリー調査サービス〉に依頼に来たときの晴敏には、有名企業の社長らしい威厳はなく、額にびっしょり汗を浮べ、合格発表を待つ受験生のように落ち着きがなかった。

晴敏は、山縣の高校時代の先輩にあたる。

柔道部で同じ釜《かま》の飯を食った仲のようだが、卒業後は、お互いの進路が違うこともあり、音信不通になっていたという。

探偵に依頼するにあたり、少しでも面識のある山縣を選ぶ気持ちは分かる。同窓会名簿を見て連絡してきたというが、山縣は明らかに当惑していた。

親睦《しんぼく》が深ければ別だが、中途半端《はんぱ》に知っている分、やり難《にく》いこともある。

山縣は判断に迷ったようだが、できる範囲でということで晴敏の依頼を受けた。

——どうかしてる。

それが、公香の素直な感想だった。

高校時代の先輩からの依頼を受諾した山縣にではなく、自分の娘の素行調査を探偵に依頼する晴敏の考え方に憤《いきどお》っていた。

訊きたいことがあるなら、自分で訊けばいい。帰りが遅いなら「どこに行ってたんだ?」と問い詰めればいい。

それができない親が多い。

子どものことを心配してはいるが、それより自分の都合を優先させる。そういう親の元で育った子は、居場所を求めて彷徨《さまよ》うことになる。

親に自分を見て欲しくて、危険なことをしてみせる。

「私だって……」

公香は、自分の少女時代の境遇と、恭子のそれを重ね、つい口に出してしまった。

〈何か言ったか?〉

真田だった。無線がオープンのままになっていたことに気づき慌《あわ》てるが、後の祭りだ。

「何でもないわよ」

〈ご機嫌斜めだな〉

「女はね、そういう日もあるの」

〈怖い怖い。それより、合流したぜ〉

振り返ると、少し離れた路上に、バイクにまたがった真田の姿があった。

「女子中学生に見とれて事故ると思ったわ」

〈ロリコン趣味はねぇよ〉

「精神年齢は、同世代でしょ」

〈余計なお世話だよ〉

「そうやって、ムキになるところが、子どもなのよ」

軽口で返した公香は、改めて恭子に目を向ける。

恭子は、携帯電話で誰かとメールのやり取りをしている。

晴敏からの報告では、恭子は携帯電話を持っていないはずだった。何らかの方法を使って、内緒で手に入れたのだろう。あるいは、誰かに渡されたか——。

やがて、甲州街道沿いの歩道橋の前で立ち止まった恭子は、背伸びをするように八王子方面に目を向けている。

「誰かと待ち合わせっぽいわね」

公香も、一定の距離をとって足を止める。

〈彼氏か？〉

「多分、違うわ」

公香は、真田の問いかけを否定した。

彼氏なら浮かれているはず。だが、恭子は違う。何かに怯《おび》えているように落ち着きがない。

――何だか、嫌な予感がする。

〈女の勘か？〉

「そうよ」

〈あてにならねぇな〉

「あんた、すぐに浮気がばれるタイプね」

〈俺は、浮気はしないタイプなんだよ〉

「だといいけど」

会話を遮るように、車のクラクションの音が聞こえた。

目を向けると、白塗りのベンツが滑り込むように走ってきて、恭子の前で停車した。

スモークが貼《は》られたウィンドウが開き、三十代と思われる男が顔を覗《のぞ》かせた。

浅黒い肌に、綺麗《きれい》に整えられた眉《まゆ》。耳たぶだけでなく、小鼻にもピアスの穴が空いている。はだけたように着ている黒いシャツの隙間《すきま》からタトゥーが見えた。

盛り場のクラブに行けば、掃いて捨てるほどいる、いかにも遊び人風の男だ。

――そういう男に近づいちゃダメ。

思いに引きずられるように身体が動いていた。

公香は、一歩一歩踏みしめるように、男と会話をしている恭子との距離を詰めていく。

〈何してんだよ〉

真田が、すぐに声を上げる。

尾行をする上で、ターゲットに必要以上に近づくのは極めて危険だ。正体がばれたり、顔を覚えられる可能性があるからだ。

それは分かっている。だが、公香は足を止めなかった。

バッグの中に手を突っ込み、ボタン電池ほどの小型の盗聴器を取りだした。小型ではあるが、離れた場所からでも、会話を傍受することができる。

公香は盗聴器を掌《てのひら》に収め、恭子の背後に近づいた。

ベンツに乗った男と目が合う。

何かを企《たくら》んでいるような、陰湿な輝きを持った目だ。

――嫌な男。

公香は、歩調を緩めず、恭子の背中にぶつかった。

「痛っ」

恭子は、短い悲鳴を上げ、よろよろとバランスを崩す。公香は、わざと尻餅《しりもち》をつき、いかにも痛そうに表情を歪《ゆが》めてみせた。

「大丈夫ですか？」

恭子が、心配そうな表情を浮べて、公香の前に屈《かが》み込む。

化粧っ気もないし、改めてみると、本当に普通のどこにでもいそうな少女だ。かつての自分もそうだった――。

「ええ、大丈夫。ごめんなさい。余所見《よそみ》してたものだから」

公香は、自分の力で立ち上がり、恭子に一礼してから歩道橋を上り始めた。

〈ターゲットに、盗聴器仕掛けただろ〉

真田が、得意げに言った。

離れた場所からでも、細かい動きを見逃さない。さすがの洞察力だ。

真田の言う通り、恭子とぶつかったときに、盗聴器を制服のポケットに忍び込ませた。

「目がいいのね」

公香は、おどけた口調で返事をする。

〈そういう問題じゃねぇだろ〉

「無駄口たたいてると、見失うわよ。あと、よろしくね」

公香は、半ば強引に会話を打ち切った。

〈任せとけ〉

勢いよく応《こた》えた真田が、バイクをスタートさせるエンジン音が聞こえた。

公香は、歩道橋を上り切ったところで足を止め、道路を見下ろした。

白いベンツが新宿方面に走って行くのが見えた。そのあとを、真田の乗った黒いバイクが追って行く。

「頼むわよ」

公香は、胸の前で拳《こぶし》を握り呟《つぶや》いた——。

四

〈……だ……さ……〉

ノイズに混じって、わずかに声が漏れ聞こえてくる。

——あと少し。

志乃は、薄暗い空間で、車椅子《くるまいす》に座ったまま、盗聴器の音声を拾うために、受信機のレベルを微調整する作業に没頭していた。

無線機やカメラ、変装用の衣装などが所狭しと並んでいる。

ハイエースの後部座席と荷室スペースを改良して作った場所で、ターゲットを尾行するときの移動式指令室といったところだ。

山縣は運転席に収まり、公香は空いたわずかなスペースを利用して、器用に着替えをしていた。

「ねぇ、志乃ちゃん」

着替えを終えた公香が、束ねた髪をほどきながら言う。

さっきまでは、ベージュのスーツに黒縁のメガネ。ボブカットの黒髪のかつらを被《かぶ》り、いかにも外回りをしているOLといった感じだったが、今は白いワンピースに、スキニーのジーンズを合わせ、カジュアルな雰囲気になっている。

公香の七変化に、志乃はいつも驚かされる。

「もうすぐ、調整が終ります」

「そうじゃなくて、さっき、真田と話してた夢のこと」

「あ、はい」

志乃は、手を止めて曖昧《あいまい》に返事をした。てっきり盗聴のことだと思っていたので、少し戸惑う。

「あれ、後で私にもちゃんと話して」

「でも……」

「私には話せないの？」

公香が、わざと怒ったような口調で言う。

「違います」

志乃は、慌てて否定する。

その様子を見て、公香が声を上げて笑った。

「そういうとこ、かわいい」

「そんな……」

同性からでも、面と向かって言われると何だか照れ臭い。志乃は、思わず俯《うつむ》いた。

「まだ、人は死んでないっていっても、気になるわよね」

「ありがとうございます」

志乃は、改まって頭を下げた。

「ちょっと、そういうの止《や》めてって言ってるでしょ。私たちは仲間なんだから」

公香が、蠅《はえ》を追い払うように手を振った。

――仲間。

そう言ってもらえるのが嬉《うれ》しかった。

「はい」

志乃は、声を張って返事をした。

「素直が一番」

公香が、人差し指で志乃の鼻先を突いてきた。

今まで公香は、志乃が人の死を予見することを嫌悪《けんお》していた。仲間が危険なことに巻き込まれると考えたからだ。

それを責める気はない。むしろ、それは当然のことだと思う。

だが、前回の事件を機に、何かが変わった気がする。

こうやってじゃれ合うこともそうだが、お互いに、遠慮なく言いたいことが言えるようになった。

距離が縮まったというより、本質的な関係が変わったという感じがする。

一人っ子だった志乃には、公香が姉のように思えてきた。

ようやく探偵事務所の一員として認めてもらえたようで、嬉しかった。

「それで……盗聴器の方は？」

化粧を終えた公香が、志乃が操作するノートパソコンを覗き込みながら訊《き》く。

「多分、大丈夫です」

志乃は、返事をしながら、慌《あわ》てて作業を再開する。

あとは微調整だけだったので、すぐに盗聴器から発信される電波をキャッチすることができた。

多少はノイズがあるものの、スピーカーから、話し声が聞こえて来た。

「ナイス。志乃ちゃん」

公香はパチンと指を鳴らし、志乃の横に座ると、じっとスピーカーから聞こえてくる音声に耳を傾ける。

〈どうしたの、浮かない顔してるね〉

男の口調は、いかにも軽薄な感じだった。白いベンツに乗っていた遊び人風の男だろう。

〈そうですか……〉

今にも消え入りそうな恭子の声が聞こえる。

〈今から、プロデューサーに会うんだ。笑顔じゃないと、嫌われちゃうよ〉

〈今日会うのは、城地《しろち》さんだけだと思ってたんで……〉

〈成瀬《なるせ》さんはね、業界では有名な人なんだ。先月公開された、「愛空」って映画も、成瀬さんのプロデュースなんだよ〉

志乃は、二人の会話の中から「城地」「成瀬」と、関係している人物の名前をメモしていく。

〈はい〉

〈プロデューサーに気に入ってもらえれば、映画の主演に抜擢《ばってき》も夢じゃないんだ〉

「分かりやすい嘘《うそ》ね」

公香が、吐き捨てるように言うと、ぎゅっと唇を噛《か》んだ。

志乃も、公香の意見に同感だった。

会話の流れからして、城地という男は、恭子に芸能界デビューというエサをちらつかせて近づいたのだろう。

素人《しろうと》の中学生が、いきなり映画の主演に抜擢なんて都合のいい話は、ドラマの中にだってない。

――恭子は騙《だま》されている。

そう思うのが自然の流れだが、志乃には引っかかることがあった。

〈その人と、どこで会うことになってるんですか？〉

恭子が、怯《おび》えた声で訊《たず》ねる。

〈ハウススタジオ。知ってる？〉

〈なんとなく……〉

〈簡単に言っちゃえば、撮影用に貸し出している一軒家だよ。ミュージッククリップとか、ファッション誌なんかでよく使ってるんだ〉

志乃は、すぐにノートパソコンを操作し、インターネットの検索サイトで〈ハウススタジオ〉の検索をかける。

かなりの数のヒットがあった。

「どう？」

公香が、パソコンのモニターを覗き込んできた。

「数が多すぎて、今の段階で特定するのは難しいですね。でも、学校帰りですし、あまり離れた場所に移動しないと仮定して……」

志乃は、パソコンに向き直り、甲州街道沿いで、新宿から初台までの間という条件で再検索する。

対象が三件に絞り込まれた。

「さすが志乃ちゃん」

モニターを見た公香が、感心したように腕組みをする。

そんな公香の横顔を見ていて、志乃は妙な引っかかりを覚えた。

「公香さん、一つ訊いていいですか?」

志乃は、話を切り出した。

「何?」

「なぜ、彼女に盗聴器を仕掛けたんですか?」

志乃には、どうしてもその理由が分からなかった。

普段は軽口ばかり叩《たた》いている公香だが、仕事に関しては慎重だ。それが、無鉄砲な真田とのいいコンビにもなっている。

そんな公香が、なぜ危険を冒して恭子に盗聴器を仕掛けたのか?

志乃の声は届いているはずなのに、公香は、まるでそれが聞こえていないかのように、表情一つ変えずに沈黙していた。

「俺も、それは気になるな」

今まで黙っていた運転席の山縣が、ちらっと振り返りながら、話に加わってきた。

「何でって言われると、困っちゃうな。盗聴器仕掛けた方が、追跡し易《やす》いって思っただけだから」

公香は、おどけた調子で答えた。

「でも、あの方法は危険です」

志乃は、公香を真っ直《まっす》ぐ見据えながら反論した。

公香は、恭子にぶつかり、そのどさくさに紛れて盗聴器を仕込んだ。その方法は、よほど緊急な場合以外は使わない。

相手に顔を見られてしまうし、瞬間的な時間しかないので、ちゃんと盗聴器を隠すことができず、あとから発見される可能性が高い。

それくらい、公香も分かっているはずだった。

「次からは、気をつけるわ」

だが、その答えが真意でないことは明らかだった。公香は、恭子に対して、何か特別な感情を持っている。

別の角度から質問してみようと思った志乃だったが、それを遮ったのは、真田からの無線だった。

五

真田は、バイクを走らせていた――。

本当はもっとスピードを上げたいところだが、夕方近くなり、交通量が増えてきて、徐行に近い状態になってきた。

こういう場合でも、車の間をすり抜けて進めるのがバイクの利点だが、今は目的地に急いでいるわけではない。

しっかりと距離をとりながら、尾行しなければならない。

「甲州街道を外れる」

真田は、無線機につないだインカムに向かって呼びかけた。

前方を走る白のベンツは、右にウィンカーを出しながら、右折レーンに入り、信号で停車した。

真田も、一定の距離を保ちながら、バイクで右折レーンに入る。

〈ターゲットは、ハウススタジオに向かってるみたい〉

志乃から返答があった。

微《かす》かに、キーボードを叩く音が聞こえた。断片的な情報から、ターゲットの目的地を絞り込んでいるのだろう。

志乃の推測は、かなりの確率で的中する。

どこに向かうか分からない車を追跡するより、目的地が分かっている車のあとをつける方が、はるかに楽だ。

見失っても、すぐに追いつくことができるし、リスクを冒してターゲットに接近する必要もない。

尾行する上で、大きな武器になる。

〈信号を右折して、五百メートルほど直進、次は左折。多分、目的地はそこだと思います〉

「了解」

真田は、信号が変わるのと同時に走り出した白いベンツの追跡を再開した。

複数の車線がある大通りでの右折は、見失う可能性が一番高いポイントだ。バイクの速度を上げ、交差点を駆け抜ける。

真田は、白いベンツを視界に入れながら、速度を合わせて尾行を続ける。

「なんでハウススタジオだって分かったんだ？」

真田は、疑問をぶつけてみた。

ラブホテルやレストランなら推測することも可能だが、ハウススタジオという特殊な発想はなかなかない。

〈公香さんのおかげです〉

志乃の答えを聞き、真田は「なるほど」と納得する。

「盗聴器ってわけだ」

〈私は、真田みたいに、無駄には突っ走らないの〉

公香が、これみよがしに言う。

「余計なお世話だ。それに、さっきのは危なっかしかったぜ」

真田は、すぐに反論した。

〈あんたとは、腕が違うのよ〉

公香が、小バカにしたように笑う。

反論しようかと思ったが、白のベンツが左にウィンカーを出したのが目に入った。

――志乃の予想通り。

「ターゲットが左に曲がる。ビンゴだな」

〈あと五分で追いつく。真田は現場で待機。合流したら、公香と交代だ〉

山縣から簡潔に指示が飛ぶ。

「了解」

真田は、白いベンツのケツを追いかけ左折する。

路地に入った白いベンツは、徐行しながら進み、ハザードを出して庭付きの一戸建ての前で停車した。

真田は、アクセルを捻《ひね》り、白いベンツを追い抜きながら、ちらっと家に視線を向ける。

一戸建ての庭には、車一台分の駐車スペースがあって、そこに黒いＢＭＷが駐車していた。

「ターゲットが目的地に到着。誰かと合流するらしい」

インカムに向かって状況報告をした真田は、最初の角を右に曲がったところでバイクを停車させる。

バイクから降り、ヘルメットを脱いで、塀の陰に身体《からだ》を隠しながら様子を窺《うかが》う。

路上駐車した白いベンツの助手席から、制服姿の恭子が降りて来た。意気消沈したように肩を落としている。

白いベンツに黒のＢＭＷ。さらには、入れ墨入りの胡散臭《うさんくさ》い男。

――女子中学生の来る場所じゃねぇな。

胸の内で呟《つぶや》いた真田は、妙な胸騒ぎを感じていた。

六

ハイエースを降りた公香は、外に人がいないことを確認して、素早くハウススタジオの敷地に侵入した。

黒いBMWの陰に身を隠し、一息吐《つ》いた。

「志乃ちゃん。盗聴器の音声、こっちに回せる?」

公香は、無線機につないだインカムを使って呼びかける。

できれば、家の中の状況を知っておきたい。それに、恭子が心配でもあった。

白いベンツに乗っていた城地は、まともな筋には見えなかった。そういう輩《やから》が、名門女子中学に通う生徒をこういう場所に連れ込むからには、それなりの魂胆があると考えるのが自然だ。

〈無線が使えなくなりますけど、いいですか?〉

すぐに志乃からの返答があった。

「お願い」

〈転送しますので、無線機のチャンネルを、三番に合わせて下さい〉

公香は、志乃の指示に従いながら、玄関の様子を窺う。

教会のように、装飾が施された扉があった。幸い、そこに人の姿はない。全員、家の中にいるようだ。

「よしっ」

公香は、小さく頷《うなず》きながら一気に玄関脇《わき》に駆け寄り、壁に背をつけて立ち止まった。

到着前に、志乃がホームページに掲載されている図面を見せてくれた。

この扉の先は、洒落《しゃれ》た作りのエントランスになっていて、その奥には、白を基調とした二十畳ほどの広さのリビングがある。

〈……これ、何ですか?〉

志乃が、盗聴器の音声をつないでくれたのだろう。インカムから、恭子の声が聞こえてきた。

戸惑っているといった様子だ。

〈平気だよ。みんなやってる〉

男が言った。城地の声だ。

〈でも……〉

〈試しに飲んでみなよ。きれいな色をしてるだろ。楽しい気分になれる健康サプリだよ。嫌なこと全部忘れられるよ〉

別の男が言った。

公香は、ぎゅっと拳《こぶし》を握り締める。

掌《てのひら》に、べっとりと汗をかいていた。鼓動が、早くなる。

短い会話のやりとりだが、何をしようとしているかは見当がついた。恭子に、MDMAあたりの違法薬物を勧めているのだろう。

MDMAは、多幸感が得られる合成麻薬だ。青や赤といったカラフルな色に着色された錠剤で、にこちゃんマークなど、かわいらしいイラストが刻印されていて、ファッション感覚で使う若者が後を絶たない。

だが、見てくれがかわいくても、中枢《ちゅうすう》神経の興奮作用と、幻覚作用を併せ持つ麻薬で、覚醒剤《かくせいざい》と大差はない。

それに、MDMAは、途上国など設備の万全でない場所で製造されることが多く、不純物が混ざっている可能性が高く、死に直結するケースも少なくない。

〈あの……なんで、カメラを持ってるんですか？〉

恭子の声が震えていた。

ここまで来て、ようやく自分がどういう状況に置かれているのか、理解しつつあるのかもしれない。

〈気にしなくていいよ〉

城地が言う。

〈でも……〉

〈君さ、芸能人になりたいんだろ。だったらさ、プロデューサーの言うことは絶対なんだよ。言ってる意味分かるだろ〉

城地は明らかに苛立《いらだ》った口調だ。

〈分かりました……〉

恭子が、掠《かす》れた声で答えた。

「ダメ」

公香は声を上げたが、ここからでは届かない。

薬物は、一度手を出したら、抜けられなくなる。公香は、自らの経験でそれを痛感していた。

自分の周りに、その手の連中が集まり始め、「みんながやっているから……」と感覚が麻痺《まひ》していく。止めてくれる人は誰もいない。気がつくと、中毒症状になっている。

麻薬の売買はリスクが伴うため、高額な値段で取引されている。安いとされるMDMAでも一錠五千円はする。

普通に働いていては、薬代を捻出《ねんしゅつ》できなくなり、金を稼ぐために何でもするようになる。エスカレートしていき、最後には犯罪に手を出す。

快楽と引き替えに、悪魔に魂を売るようなものだ。

そう思うのと同時に、公香は扉の脇にあるインターホンを押していた。

——私は、何をやってるの？

自分の胸の内に問いかけたが、答えは返って来ない。

扉が開き、丸々と太った男が顔を出した。

「こんにちは」

公香は、男に微笑《ほほえ》みかける。

男がにやつきながら、値踏みするように公香を睨《ね》め回す。

「なんだ、お前は？」

男が、身体に似合わず甲高い声で言った。

「成瀬さんに呼ばれて来たんだけど」

公香は、城地が口にしていた名前を出す。

だが、太った男は、警戒の色を濃くして公香を睨《にら》む。

「いい加減なこと……」

公香は、言いかけた男の股間《こかん》を膝《ひざ》で蹴《け》り上げた。

太った男は、股間を両手で押えて悶絶《もんぜつ》し、前のめりに崩れ落ちる。

ここでごちゃごちゃやっている暇はない。

「ごめんなさい」

公香は、男の巨体を踏み越え、靴のままハウススタジオの中に侵入する。

廊下を真《ま》っ直《す》ぐ進み、突き当たりのドアの前に立つ。

——さあ、どうする？

このまま、リビングルームに飛び込んで行っても、中には最低二人の男がいる。恭子を連れ出せるという保証はない。

だが、手をこまねいているうちに、恭子は流されるように薬物に手を出してしまう——。

「きゃっ！」

迷いを断ち切るように、恭子の悲鳴が聞こえた。

公香は、半ば反射的にドアを開けた。

城地が、ソファーに座る恭子の背後に立ち、その髪を掴《つか》み上げていた。

もう一人、ジーンズにジャケットというカジュアルな出で立《い》《た》ちに、メガネをかけた男が、錠剤を恭子の口に押し込もうとしている。

――彼が成瀬だろう。

「なんだ、てめぇ！」

一瞬の静寂のあと、城地が声を上げる。

「警察よ。今すぐ、彼女を離しなさい」

公香は、怯《ひる》むことなく、ずいっと歩み寄った。

警察手帳の提示を求められたりしたら、それでアウトだ。だが、彼らには、一番効果的な方法だと踏んだ。

――このまま、黙って彼女を返して欲しい。

だが、公香のその願望は、もろくも打ち砕かれた。

「おい！　武井《たけい》！」

成瀬が、声を上げる。

「え?」

公香が思ったときには遅かった。

背中をドンと押され、バランスを崩し、よろよろとフローリングの床に倒れ込んだ。

振り返ると、そこに背の高い男が立っていた。

がっしりとした身体つきで、黒い上下のスーツに白シャツ。いかにも、ボディーガードといった感じの男だった。

――この男が武井。

「お前、デカじゃねぇだろ。何者だ?」

成瀬が、ジャケットの内ポケットから、ゆっくりと拳銃《けんじゅう》を抜いた。

グロックだ。プラスチックを多用し、軽量化を図った拳銃で、一見するとオモチャのようだが、十七発の弾丸を装塡《そうてん》し、オーストリア軍が制式採用もしている信頼性の高い拳銃だ。

公香は、インカムで山縣や真田と連絡を取ろうとしたが、盗聴器の音声を拾うために無線を殺してしまっていたことを思い出した。

――これは、ヤバイかも。

公香は、怯《おび》える内心に反して、成瀬を睨み付けていた。

七

柴崎功治《しばざきこうじ》は、新宿歌舞伎町《かぶきちょう》の先の路地にいた。

まだ午後四時過ぎということもあって、人通りは少ない。

三人の刑事たちと一緒に、ラブホテルの塀に身を隠し、ただじっとその時を待っている。

視線の先には、黒いボックスの形をした建物があった。正面の鉄製の扉には、〈クワトロ〉という装飾文字が見てとれる。

会員制のクラブハウスで、芸能人なども多く訪れることで有名だ。

ここで、麻薬の密売が行われているという情報を摑んだのは、半年前――。

本庁の組織犯罪対策部の主導により内偵捜査が行われ、今日、強制捜査が入ることになっている。

柴崎たち所轄《しょかつ》の人員も総動員しての大がかりな捜査になる。

建物の周辺には、柴崎たちの他に、三十人の捜査員が身を潜めている。

今回狙《ねら》うのは、麻薬シンジケートのボスで〈亡霊〉と呼ばれる男だ。

ここ数年、末端の売人たちの間で、その男の噂《うわさ》が囁《ささや》かれていた。柴崎も、何度かそのあだ名を耳にしたことがある。

だが、本人の実名を知る者も、顔を見た者もいない。素性はおろか、年齢すら分からない。

存在するかどうかさえ怪しい。

だから、亡霊——。

「何が亡霊だ」

柴崎は、吐き出すように言うと、ネクタイを緩めた。

謎《なぞ》のベールに包まれた人物だが、本庁の潜入捜査の結果、今日、亡霊が取引のために、このクラブハウスに現れるという確かな情報を摑んだ。

強制捜査を行い、麻薬所持の別件逮捕をして、亡霊の正体を確かめようという作戦だ。

「どんな奴《やつ》か、楽しみですね」

部下の松尾《まつお》が、にやついた顔で言った。

今から、合コンにでも行くような緊張感のなさだ。

「気を抜いていると、死ぬぞ」

柴崎は、突き放すように言った。

こいつらは、命の危険に晒《さら》された経験がないのだろう。警察官でありながら、自分が死ぬことはないと思っている。

だが、それは過信だ。

〈第三班は、われわれと正面に。第一班と二班は裏口……〉

本庁組織犯罪対策部の管理官である坪井《つぼい》の指示を受け、柴崎は立ち上がった。

「行くぞ」

声をかけ、クワトロに向かって足を進める。

三人の刑事たちもそれに続く。

近づくにつれ、柴崎は胸の内で、得体の知れない不安がじわじわと広がっていくのを感じていた――。

柴崎は、クワトロの正面入り口の前で、坪井を含めた本庁の捜査員たちと合流する。

「突入準備」

坪井の一声で、現場に一気に緊張が走る。刑事の一人がドアをノックする。

だが、反応はなかった。

「警察だ。麻薬取締法違反の容疑で、家宅捜索の令状が出ている」

坪井は、扉に向かって声を張るが、やはり反応がない。

——あまりにも静かだ。

「ここを開けろ」

坪井が目配せをすると、刑事の一人が、扉を押した。

扉は、何の抵抗もなく開いた。

捜査員たちが、なだれ込むようにクラブ内に突入していく。柴崎も、遅れを取るまいと中に踏み込んだ。

真っ暗だった——。

「電気を点《つ》けろ」

坪井の指示に合わせて、室内灯が一度に点灯する。

光に照らされたクラブ内を見回し、柴崎は打ちひしがれた。

——やられた。

クラブ内は、もぬけの殻だった。そこにあったはずのテーブルや椅子《いす》も、バーカウンターも、仕切りのパーティションすらなくなっていた。

「畜生が……」

坪井が、無言で立ち尽くす捜査員たちの心情を代弁するように吐き出した。

昨晩までは、普通に営業していた。それが、きれいに消えている。

なぜ、それができたのか――柴崎は、すぐにその答えに思い至った。

――内通者がいる。

柴崎は、信じたくないその現実に、きつく唇を噛《か》んだ。

八

公香は、恭子と並んでソファーに座らされていた。

逃げ道を捜して視線を走らせたが、状況は絶望的だ。

向かいのソファーには、拳銃を持った成瀬が座り、その横に城地が控えている。

公香が座るソファーの後ろには、あとからリビングに入って来た武井が立っている。

ヘタな動きをすれば、すぐに取り押さえられてしまう。

仮にその三人をかわせたとしても、リビングのドアの前には、さっき公香が股間を蹴り上げた太った男が立っている。

二度も同じ手に引っかかってくれるとは思えない。

何より、一人で逃げるならまだしも、恭子がいる。無茶はできない。

——助けに入ったつもりが、いいざまだ。

今まで散々真田の無鉄砲を責めていたにもかかわらず、自分が同じことをしてまんまと捕まってしまうとは。後で何を言われるか分かったものじゃない。

「ごめんね」

公香は、隣の恭子に小声で言う。

少しでも、緊張を和らげようと思ってのことだが、逆に恭子に睨まれてしまった。

「あなた誰？　何しに来たの？」

恭子は、金切り声を上げる。

——彼女は、自分がどうなるか分かった上でここに来た。

公香は、恭子の一言でそれを悟った。

それほどまでに、恭子の心にぽっかりと穴が空いている。その穴を埋めようと、自《じ》虐《ぎゃく》的な行為に及んだのだろう。

——彼女は、昔の私に似ている。

公香は、それを改めて感じた。だから、自分は引《ひ》き摺《ず》られるように、恭子を追ってここまで来たのだ。

恭子を助けたところで、昔の自分が変わるわけではない。それは分かっている。だが、だからといって放っておくことなどできない。

「私はね……」

「黙れ」

公香の言葉を遮るように、成瀬がグロックの銃口を向け、低い声で言った。

「成瀬さん。どうするんですか？」

城地は、予定外のことにすっかり狼狽《ろうばい》しているらしく、すがるような目で成瀬を見ている。

「騒ぐな。計画は、このまま実行する。それだけのことだ」

成瀬の口調は、冷静そのものだった。

とっさの事態に、冷静な判断ができる人間は怖い。

――万事休す。

公香は、背中を冷たい汗が流れ落ちるのを感じた。

頼みの綱は、外にいる山縣や真田だ。

彼らが異変に気づき、警察を呼んでくれることを信じて、今は時間稼ぎをするしかない。

「それで、私はどうなるの？」

公香は、成瀬に微笑《ほほえ》んでみせた。

余裕を持った態度が気に障《さわ》ったのか、成瀬は頬の筋肉を引きつらせた。だが、すぐに真顔に戻る。

「お前が誰かによる」

成瀬が、ゆったりと足を組みながら言った。

揺さぶりには乗らない。自分を制することのできる男のようだ。

――ますます厄介だ。

公香は、笑顔を作ったまま内心毒づいた。

「正直に言うわ。私は探偵。彼女の父親に頼まれて、素行調査をやってたの」

本当は明かしたくないが、この際仕方ない。

だが、公香のその言葉が、恭子の怒りに火を点けた。

「私のことが心配なら、自分で来ればいいじゃない！」

恭子が、立ち上がりながら叫んだ。その声は、悲鳴のように痛々しかった。

自分が置かれている状況への恐怖より、父親に対する怒りが勝っている。気持ちは分かるが、彼らを刺激するのは、あまり得策ではない。

「恭子ちゃん」

公香は、恭子の腕を摑《つか》んで座るように促す。

恭子は、きっと唇を嚙み、ぶるぶると身体《からだ》を震わせながらも、ソファーに座り直した。

「探偵だって証拠はあるのか？」

成瀬が言う。

「残念。名刺、置いてきちゃった」

公香は、両手を広げておどけてみせた。

成瀬は、呆《あき》れたようにため息を吐《つ》くと、ポケットから煙草《たばこ》を取り出し火を点ける。

「残念だが、二人とも、しばらく一緒にいてもらうことになる」

煙を吐き出しながら成瀬が言った。

警察に通報できないように、拉致《らち》監禁して、薬物中毒にして、骨抜きにする。暴力団がよく使う手だ。

「ちょっと……」

「城地。二人ともトランクに詰めとけ」

成瀬は、公香の言葉を容赦なく断ち切ると、ゆっくり立ち上がり、リビングを出て行った。

「立て！」

城地が、凄《すご》みを利《き》かせて詰め寄って来る。

――マズイ。

公香が思った瞬間、窓ガラスがけたたましい音を立てて割れ、何かがリビングルームに飛び込んで来た。

カーテンがレールごと剝《は》がれ落ち、その何かは城地をなぎ倒した。まるで、カーテンのお化けが城地に襲いかかったようだ。

城地は、仰向《あおむ》けに倒れたまま動かない。

その場にいた誰もが呆気《あっけ》にとられていた。

床に落ちたカーテンが、バタバタと激しく波打っている。

「ええぃ、邪魔だ！」

叫び声とともに、カーテンをはね除《の》け姿を現わしたのは、真田だった。

まさか、後先考えずに正面突破してくるとは――。

九

「バカじゃないの！」

それが、助けに入った真田に浴びせられた第一声だった。

立ち上がった公香は、驚きと怒りが入り交じった表情で、真田を睨《にら》んでいる。

「せっかく助けに来てやったってのに、その言い方はねぇんじゃねぇの？」

「助け方ってもんがあるでしょ！」

ヒステリックになった公香は怖い。

真田にも言い返したいことはたくさんあるが、今は内輪もめをしている場合ではない。

「窓から逃げろ」

真田は、言うのと同時に、バイクのキーを公香に投げた。

「そうさせてもらうわ」

キーをキャッチした公香は、素早く恭子の腕を摑み、強引に引っ張りながら窓からリビングを出て行く。

そうはさせまいと、太った男が駆け寄って来る。

――やらせるかよ。

真田は、突進してくる太った男をかわしながら、足をかけた。

太った男は、そのままバランスを崩し、前のめりに倒れる。

「運動不足だぞ。デブ」

からかうように言う真田に、血走った目を向けた男は、すぐに立ち上がった。怒りで顔を真っ赤にしている。

「このガキ」

太った男が、右腕を大きく振りかぶった。

体重の乗った一撃をもらえば、ひとたまりもない。だが、モーションが大きすぎて、攻撃が見え見えだ。

真田は、身体を反転させながら右のパンチをかわすと、バランスを崩した首根っこをクリンチして、膝蹴《ひざげ》りをお見舞いした。

確かな手応《てごた》えがあった。

太った男は、再び前のめりに倒れる。

「だから言っただろ。運動不足だって」

しばらく気絶してくれることを期待していた真田だったが、太った男は、鼻から大量に出血しながらも、起き上がって来た。

——打たれ強いのね。

真田は、臨戦態勢で太った男と対峙《たいじ》する。

さっきと顔つきが違う。今の一撃で、冷静さを取り戻したらしい。次も、大振りのパンチで来てくれるとは限らない。

巨体を活《い》かしたタックルや、組み技に持ち込まれたら分が悪い。

——さあ、どう来る？

太った男は、勝ち誇ったような笑いを浮べると、ポケットから折りたたみ式のナイフを取りだした。

「おいおい」

真田は、思わずぼやいた。

武器に頼るとは、デカイのは身体だけで、意外に肝の小さい男のようだ。

太った男は、まるで自分の力を誇示するように、ナイフを左右に振る。

緊張が高まった二人の睨み合いに、もう一人の男が割って入った。

盗聴器の音声を聞いていたので、真田も名前は知っている。武井だ。

引き締まった身体つきで、眼光も鋭い。口先だけのチンピラでないことは、一目瞭《いちもくりょう》然《ぜん》だ。

「邪魔すんな」

太った男が、いきり立って武井に詰め寄る。

だが、武井は動じることなく「静かに」と口の前で人差し指を立てる。

静まりかえったリビングに、微《かす》かにパトカーのサイレンの音が届いた。

――間に合ったらしい。

真田も、無計画に正面突破したわけではない。外から様子を窺《うかが》い、状況を山縣と志乃に伝えてあった。

二人が警察を呼ぶことは織り込み済みだ。

「吉田《よしだ》さん。今は、引いた方がいい」

武井が提案する。

吉田と呼ばれた太った男は、一瞬迷ったような表情をしたが、やがて武井の意見に賛同して頷《うなず》く。

彼らが何者で、何を企《たくら》んで恭子に近づいたのか――真田は、それを引き出さずに逃がすつもりは毛頭ない。

「待てよ。まだ勝負は終ってねぇぞ」

詰め寄る真田の前に、武井が立ちはだかった。

「城地さんを連れて、先に行ってください」

武井の言葉を受けた吉田は、未《ま》だ床の上で呻《うめ》いている城地を助け起こそうとしている。

「だから、逃がさねぇよ」

それを止めようとした真田だったが、武井の右のミドルキックを受け、後方に吹っ飛び、テーブルをなぎ倒して、壁に激突した。

スピードと切れ、それに重さのあるキックだった。

真田は、ガードしていた左腕に、じんじんと痺《しび》れるような痛みを覚えた。

吉田が城地に肩を貸し、リビングから出て行こうとする。

真田は、すぐに体勢を立て直し、一歩踏み出したが、それを武井が遮った。

武井は、両腕で顔の前をガードし、右足を軸に左足を少しだけ上げる独特の構えをとった。

空手やボクシングとは明らかに違う。

「ムエタイか……」

真田は、苦々しく呟《つぶや》いた。

ムエタイは、タイで生まれた格闘技で、両手足の他に両肘《ひじ》、両膝の八ヶ所を使って攻撃する。

立ち技最強とも謳《うた》われる格闘技だ。

真田は、両腕で上段をガードするキックボクシングスタイルで構え、武井と対峙した。

——下がったら負ける。

真田は覚悟を決め、武井に向かって大きく踏み込んだ。

右のオーバーハンドフックを、武井の顎《あご》に打ち込むつもりだったが、それが届く前に、カウンターで武井の前蹴りが、真田の鳩尾《みぞおち》にめり込んだ。

強烈な痛みとともに、息が止まった。

立っているのが、やっとだった。

冷や汗が、だらだらと額を流れ落ちる。

なんとか距離をとって回復を試みようとする真田だったが、武井はそれを許してはくれなかった。

右のミドルキックが真田の脇腹《わきばら》に当たる。間髪をいれず、今度は左の前蹴りと、容赦なくボディーに攻撃を叩《たた》き込んでくる。

「くそっ！」

真田は、ボディーを守るために、両腕のガードを思わず下げた。

だが、それこそが武井の狙《ねら》いだった。

素早く真田の懐《ふところ》に潜り込み、がら空きになった顔面に右の肘が襲いかかる。

——やばい。

直撃すると思ったが、衝撃はなかった。武井は、真田の顔面に当たる寸前のところで肘を止めていた。

武井は肘を引っ込め、目を細めて軽く笑った。

お前ごとき、いつでも倒せる——そう言われているようだった。

「てめぇ」

真田は、屈辱に震えた。

——ここまでされて、黙って引き下がれるか。

せめて、パトカーが来るまで足止めしてやる。真田は、重心を落とし、猛然と武井に向かって突進する。

立ち技最強なら、寝かせて組み技に持ち込めばいい。

そのまま、脚をすくい上げるようにタックルしようと思った真田だったが、顎に強い衝撃を受けた。

一瞬、目の前が真っ暗になる。

真田が、再び目を開けると、白い天井が見えた。

顎の痛みを堪《こら》えながら身体《からだ》を起こすと、そこに武井の姿はなく、二人の制服警官が駆け込んで来るところだった。

——逃げられた。

「くそったれ！」

真田は、腹の底から叫んだ。

十

「本当にいいんですか？」

志乃は、運転席の山縣に声をかけた。

ハウススタジオに警察が突入したところで、山縣は真田を残したまま車を発進させてしまった。

「大丈夫だ。真田は無事だ。声が聞こえたろ」

山縣は、あっけらかんとしている。

確かに山縣の言う通り、無線を通して「くそったれ！」と叫ぶ真田の声が聞こえてきた。

「でも、真田君が警察に捕まっちゃうんじゃ……」

「一時的にそうなるな」

「だったら、あたしたちが事情くらい説明に行かないと」

志乃は、運転席に身を乗り出すようにして訴えた。

「まずは、公香たちと合流する方が先だ」

山縣は諭すような口調だったが、ルームミラー越しに見える目は、口調に反して険しいものだった。

「でも……」

「こっちは、依頼を果たせなかったんだ。今後の対応を協議しておかなくちゃならん」

今回の依頼内容は、恭子の素行調査だった。

通常、素行調査の場合、ターゲットに探偵の存在を悟られてはならない。

だが、今回は追い詰められた状況とはいえ、父親の依頼で素行調査をしていること
が、ターゲットに知られてしまった——。

「なぜ、公香さんは、あんなことしたんでしょう?」

志乃は、疑問をぶつけてみた。

真田が無鉄砲に突っ走り、公香がそれを押えるというのがいつものパターンだ。そ
れが、今回は逆転していた。

盗聴器といい、いつもの公香らしからぬ行動だ。

「自分を重ねてたんだろうな……」

しばらく沈黙を守っていた山縣だったが、信号待ちの交差点でポツリと口を開いた。

——自分を重ねる?

「誰と重ねたんですか?」

「ターゲットの少女だよ」

山縣は、何かを思い出すように目を閉じた。

恭子と公香。二人に、何かしらの共通点があるということか——。

顔つきは似ていない。年齢だって違う。どこに共通点があるのか——考えてみたが、
志乃は何も思いつかなかった。

一緒に仕事をし、生活を共にし、姉のように慕っているのに、公香のことを何も知らないことに気づかされた。

「公香さんと恭子さんの境遇が似ているってことですか？」

「まあ、そんなところだ。公香は、あのくらいの歳《とし》のとき、道を踏み外したんだ」

淡々とした口調で山縣が言う。

——道を踏み外す？

「どういうことです？」

「詳しくは、本人から聞いた方がいい。知られたくないこともあるだろうしな……とにかく、公香は、桜田恭子に同じ過《あやま》ちを犯して欲しくなかったってことだ」

山縣が話し終えるのを待っていたかのように、信号が青に変わる。

——同じ過ち。

ハウススタジオで、恭子は違法薬物を勧められていた。公香は、薬物に手を出した過去があるのかもしれない。

恭子と同じように、満たされない気持ちを埋めるために、自虐《じぎゃく》的ともいえる行為に走る。

志乃には、それが他人事《ひとごと》には思えなかった。

なぜなら、志乃も母親が死んでから、人形のような生活を送っていたからだ。父親の克明《かつあき》はほとんど家に寄りつかず、母親のいない喪失感を抱えたまま、孤独な日々を送っていた。

自分の存在など、必要ないものだと決めつけたこともある。

なぜ、克明が家に寄りつかなかったのか、その理由を知ったのは、ごく最近になってからだ。

志乃には、たまたまそういう機会がなかったが、もし薬物を使用すれば、苦しみから解放されると誘惑されていたら——。

今ならはっきりと断ることができるが、当時はどうだったか分からない。

誰の心にも弱い部分がある。

十一

公香は、バイクを走らせていた。

後部シートには、恭子が乗っている。公香の腰に回した彼女の手が、微《かす》かに震えているような気がした。

——怯《おび》えている。

それは、さっきの連中が怖かったからではなく、もっと別の理由だろう。

公香は、世田谷通りから成城の住宅街に入り、高台にある邸宅の前でバイクを停車させた。

この辺り一帯は、金持ちの邸宅地として知られている。行政からの指導も入っているので、立ち並ぶ家は、どれもかなりの広さを持っている。

その中でも、一際《ひときわ》大きな屋敷だ。

レンガ造りの三階建てで、傾斜が急な三角の屋根をしている。イギリスのお城を思わせる、チューダー式の西洋館だ。

高い塀に囲まれ、入り口には装飾の施された鉄扉の門がある。

元は志乃の父親である中西運輸の社長、克明の持ち物だった。克明の死後、志乃が相続したのだが、一人で住むには、あまりに大きすぎる。

志乃が〈ファミリー調査サービス〉で働くことが決まったとき、彼女の提案で、探偵事務所兼住居として、利用させてもらうことになった。

今は、志乃と公香の他に、山縣、真田を加えた四人が共同生活を送りながら、仕事をしている。

ガレージに、メタリックブルーのハイエースが駐車しているのが見えた。

すでに、山縣と志乃は戻っているようだ。

リモコンを操作すると、自動で鉄扉がゆっくりと開く。

公香は、恭子を乗せたままバイクでスロープを進み、ガレージの前で停車させた。

「降りて」

公香は、ヘルメットを脱ぎながら、後部シートの恭子に声をかける。

彼女は、戸惑いながらもバイクを降りたが、ヘルメットを被《かぶ》ったまま棒立ちになり、俯《うつむ》いていた。

公香は、自分もバイクを降り、恭子のヘルメットを引っ張り上げるように外す。

フルフェイスのヘルメットを被っていたので分からなかったが、彼女は目にいっぱい涙を溜《た》め、今にも泣き出しそうな顔をしていた。

「大丈夫?」

公香が触れようと手を伸ばすと、それから逃れるように飛退《とびの》いた。

「何で、邪魔したんですか?」

恭子が、公香を睨《にら》んだ。

「あなた、騙《だま》されてたの。分かるでしょ。あいつらは、業界の人間じゃないの」

「知ってます」

恭子が、公香の言葉に被せるように言った。

その言葉を聞いて、公香は意外だとは思わなかった。中学二年にもなれば、分別くらいはつく。それが、悪いと分かっていて、敢《あ》えて飛び込んでいる。

自分の犯した罪で、父親が苦しめばいい——そんな風に思ってるのかもしれない。

いや、自分を見て欲しいというのが正解だろう。

だが、一つだけ理解していないことがある。

「言っておくけど、一度踏み込んだら、元には戻れないのよ」

犯した過ちは、決して消えない。

そのときはいいと思っていても、やがては後悔するときが来る。

「そんなの、分かってるわよ！」

恭子が金切り声を上げた。

「分かってないわよ！」

公香も思わずむきになり声を張り上げる。

恭子が踏み込もうとした世界は、行けば二度と戻れない場所。運良く戻れたとしても、一生十字架を背負いながら生きることになる。

――私のように。

「何も知らないクセに」

「知らないのはあなたよ！　私が助けなきゃ……」

「誰も、頼んでないわよ！」

恭子が、両耳を塞《ふさ》ぎ、公香の言葉を拒絶するように叫んだ。

だが、言葉とは裏腹に公香には「助けて」と懇願しているように聞こえた。

恭子の顔が、過去の自分とだぶって見えた。

公香の中で、苛立《いらだ》ちが増幅され、感情が爆発し、気づいたときには、恭子の頬を引っぱたいていた。

「いい加減にしなさい！　苦しい思いをするのは、あなた自身なのよ！」

公香は、恭子の目を真《ま》っ直《す》ぐに見据えた。

何が起きたのか分からない恭子は、ただ呆然《ぼうぜん》と公香を見返している。

「君のお父さんと連絡が取れた。今から君を送り届ける」

沈黙に割って入ってきたのは、山縣だった。外での話し声に気づき、出て来たのだろう。

「いや！　私は帰らない！」

恭子が、山縣を睨み付ける。

「困ったな。君を送り届けなければ、私たちは報酬をもらえない」

山縣が、のんびりした口調で答える。

「そんなの、私には関係ないじゃない！」

「いや、しかし、お父さんも心配して……」

「あの人が、心配なんてするわけないでしょ！」

恭子が、顔を真っ赤にして叫ぶ。

――そんなことない。

公香は、そう声をかけたかったが、それは無責任な発言になる。

一度しか会ったことはないが、恭子の父親である晴敏は、娘のことより、自分のことを大事にしているように思えた。

世の中には、そういう親がいるのは事実だ。

「分かった。そこまで言うなら帰らなくていい」

山縣は、両手を広げるジェスチャーをしながら言った。

「え？」

予想外の反応だったのだろう。恭子が、キョトンとした顔をする。

彼女以上に、公香も驚いていた。

「君の父親には、今日は帰らないと私から連絡しておこう。その代わり、君は今日、ここに泊まってもらう」

「なんで……」

「うちにも立場があるんだ。今後の商売に影響する。私たちを助けると思って、そうしてくれないか？」

山縣は、諭すような柔らかい口調で言った。

「私は……」

「もし、嫌なら私たちは、強制的に君を自宅に連れていかなければならなくなる」

迷っているのか、恭子が足許《あしもと》に視線を落とす。

「あたしの部屋を使って」

車椅子《くるまいす》を操り、志乃が玄関から姿を現わした。

「ね、そうしましょ」

志乃は、柔らかい笑顔を向けながら続ける。

「さあ、どうする？」

山縣が、恭子の肩に触れる。

「好きにすればいいじゃない……」

恭子は、顔を上げ、蚊の鳴くような小さな声で言った。

「じゃあ、中に入ろう」

山縣は、恭子の背後に回り、その背中を押すようにして、家の中に入って行く。

恭子は、流されるように山縣に従った。

「ちょっと、どういう風の吹き回し？」

公香は、山縣と恭子が家に入るのを見届けてから、志乃に声をかけた。

その途端、志乃はさっきまでの柔らかい笑顔を引っ込める。

「実は、依頼人と連絡が取れたんですけど……」

「それで？」

「依頼内容を、素行調査から、身辺警護に切り替えたんです」

「なんで？」

公香は、理解できずに首をひねった。

「実は、依頼人である彼女の父親に、最近、脅迫めいた電話が来ていたそうなんです」

志乃が声を潜めた。

「脅迫？」

「はい。具体的には話してくれませんでしたが、要求を呑《の》まなければ、娘に危害を加えるといった内容のものです」

「ってことは、最初から、娘の身辺警護をさせたかったってこと？」

「おそらく」

公香は、思わず空を見上げた。

「なんで警察に言わないの？」

「そこまでは分かりませんが、それができない事情があるんだと思います」

「あぁ、やだやだ」

公香は、肩をすくめた。

そうなると、今日恭子の近辺をうろうろした連中の本当の目的は、彼女の父親だという可能性が高い。

想像していたのより、はるかに大きな仕事になりそうだ。

「それと、晴敏さんは、自分が自宅に戻れない状況にあるので、在宅での警護をしてくれと……」

志乃は、少しだけ目を伏せ、困ったような表情で言った。

「二十四時間監視しろってこと？」

「ええ」

「こんな状況のときに、大事な娘を他人《ひと》任せにするわけ？　冗談じゃないわ！　あの娘《こ》の気持ちを考えたことがあるの？」

怒りが沸点を超えたようだ。公香がまくしたてた。

「す、すみません」

志乃は、びっくりしたような顔をして、頭を下げた。

相変わらず、真面目《まじめ》が過ぎるようだ。

「ちょっと感情的になっちゃった。志乃ちゃんが悪いんじゃないのに、ごめんね」

公香は、怒りを鎮《しず》めるように、大きく深呼吸をした。

「いいんです。とにかく、そういう事情だったので、山縣さんが、在宅警護なら、うちで預かってもいいかって交渉したんです」

「なるほど」

公香は、思わず感心する。

山縣は、恭子の心情を先読みして、自分の意志でここにいることを選択させようとしたのだろう。父親の意向をそのまま伝えたら、多感な時期にあるこの少女は、何をしでかすか分からない。

「あの娘、あたしに似てるんです……」

志乃が、眉《まゆ》を下げながらポツリと言った。

「似てる？」

「あたしも、母親が死んでしまって、父親はほとんど家にいませんでした。この家の中で、ずっと独りぼっちで……」

志乃が、膝《ひざ》の上に置いた拳《こぶし》を固く握った。

思えば、志乃も親の勝手でたくさん辛《つら》い経験をした。それでも、今は前向きにがんばっている。

「私たちは、似た者同士ね」

公香は、志乃の艶《つや》のある長い黒髪を撫《な》でた。

十二

真田は、取調室の椅子に座り、項垂《うなだ》れていた。

あのあと、ハウススタジオで、駆けつけた警察官に簡単な経緯の説明を行ったが、まともに信じてはもらえず、任意同行を求められることになった。

拒否すれば、いろいろ面倒なことになる。

素直に応じたものの、かれこれ一時間も取調室で待ちぼうけを食っている。

「先に、応急処置くらいしろっつぅの」

真田はデスクに頭をつけてぼやいた。

左腕はみみず腫《ば》れになり、まだじんじんする。

血は止まったものの、鼻先にも熱をもった痛みが定期的に走る。

一番酷《ひど》いのは顎《あご》だ。ほとんど感覚がない。

「あの野郎……」

真田は、武井の顔を思い浮かべ呟《つぶや》いた。

今まで、乱闘騒ぎは何度も経験している。手痛い反撃を喰らうこともあったが、ここまで手も足も出なかったのは初めてだ。

怒りと屈辱がごちゃ混ぜになり、今にも爆発しそうだった。

——今度会ったら、百倍にして返してやる。

真田は、心の中で毒づき顔を上げた。

ちょうど、取調室のドアが開き、刑事が入室してきた。

その顔を見て、真田はうんざりした。

「誰かと思えば、トム・クルーズ君じゃないか」

そう言いながら真田の前に座ったのは、半年前、ホテルで乱闘騒ぎを起こしたときに取調べに当たった刑事、北村《きたむら》だった。

いかにも頑固そうな顔つきをした男で、最初から真田を加害者と決めつけ、延々と同じ質問を繰り返しただけでなく、平手打ちまでした暴力刑事だ。

「なんだ。茹《ゆ》で蛸《だこ》かよ」

真田は、ため息とともに悪態を吐《つ》いた。

北村は、興奮すると血管を浮き上がらせ、茹で蛸のように顔を真っ赤にする。

「相変わらず口は達者だな」

「余計なお世話だ。それに、前にも言ったけど、トム・クルーズじゃなくて、マーティン・ランドーだって」

「しかし、こっぴどくやられたな。ランドー君」

北村が、鼻で笑いながら言った。

「うるせぇ。調子が悪かったんだよ」

「デカイ口を叩《たた》いてるから、そういう目に遭うんだよ」

言いながら、北村が真田の鼻を指で突いた。

塩を塗り込まれているような痛みが走り、不覚にも悲鳴を上げてしまった。

その様を見て、北村が手を叩いて大笑いする。

「覚えてろよ……」

真田は、悪党のような台詞《せりふ》を呟いた。

「これで、少しは反省しろよ。お前は、井の中の蛙《かわず》なんだ。世の中にはな、お前なんかより強い奴《やつ》がたくさんいるんだ」

北村は、担任教師のように説教臭い言葉を並べる。

――そんなことは、いちいち言われなくても分かってる。

「それで、世界的に有名なスパイの君が、あの場所で何をしていたんだ？」

北村がニヤケ顔のまま言った。

ただの頑固者だと思っていたが、皮肉屋でもあるらしい。面倒な野郎だ――。

「こっちだって守秘義務があるんだ。簡単には教えられねぇよ」

真田は、椅子にふんぞり返った。

たとえ守秘義務がなくても、北村に喋《しゃべ》る気にはなれない。

「喋る気がないんだったら、また一晩泊まってもらうことになるな」

「一緒に寝てくれんのか？」

「そういう趣味があるのか？」

「試してみるか？」

真田は、北村にウィンクしてみせた。

「ふざけるのもいい加減にしろ！」

さっきまでニヤケていた北村が、いきなり腰を浮かせて真田の脳天に拳骨《げんこつ》を落とした。

怒るポイントも分からない。本当に面倒な野郎だ——。

「チェンジ」

真田は、手を挙げながら言う。

「は？」

意味が分からないらしく、北村がキョトンとしている。

「だから、あんたじゃ話にならない。チェンジしてくれって言ってんだ」

真田の言葉の意味を理解した北村は、額に血管を浮き上がらせ、再び茹で蛸になった。

「ここはキャバクラじゃねぇんだ！　取調官のチェンジはきかねぇんだよ！　同じこ

と言わせんじゃねぇ！」
北村の怒声が、取調室にこだました――。

十三

柴崎は、クワトロの入り口に立ち、強く拳を握り締めた。
「やられたよ……」
柴崎は、舌打ち混じりに吐き出した。
店内をくまなく捜索したが、何も出てこなかった。
――警察は踊らされた。
柴崎は、煙草《たばこ》に火を点《つ》けた。口の中に苦い味が広がっていく。
――なぜ、こんなことになったのか？
考えられる可能性は、一つしかなかった。誰かが、警察の捜査情報を流した。
チクリと胸を刺されたような気がした。
柴崎は、この一年で二度、警察の内通者を捕えた。
金、復讐《ふくしゅう》、理由はそれぞれだったが、警察が犯罪組織の中に内通者を作るように、犯罪組織もまた警察内部に内通者を潜ませる。

「もしかして……」

柴崎は、フィルターをぎゅっと噛《か》みながら言う。

「まんまとやられましたね」

松尾が声をかけてきた。

その表情は、落胆というより、安堵《あんど》の方が色濃く感じられた。

「そうだな……」

松尾と話を続けようとした柴崎だったが、携帯電話の着信音に遮られた。

表示されたのは、かつての上司である山縣の番号だった。

「お久しぶりです」

柴崎は、少し離れた場所に移動して電話に出る。

〈騒々しいな。外か？〉

のんびりした口調の山縣の声が聞こえてきた。

「ええ。強制捜査をかけたのですが、空振りでした……」

〈そうか。それは、大変だったな〉

「今日は、運が悪かったんです……それで、用件は？」

山縣は、用もなく電話をしてくるタイプの男ではない。柴崎は先を促した。

〈実は、言いにくいんだが、ちょっと問題があってな……〉

柴崎は、それだけ聞いて、ピンと来た。

「真田ですか？」

〈当たりだ。身辺調査をしていたターゲットに、違法薬物を勧めていた連中がいて、そいつらと乱闘騒ぎを起こしちまったんだ〉

——あいつらしい。

柴崎は、曲がったことを許さない、真田の真っ直《まっす》ぐな目を思い出し、笑ってしまった。

「分かりました。できるだけ早く出せるようにしておきます」

〈それと、もう一つ頼みがある〉

電話を切ろうとしたが、山縣に呼び止められた。

「なんです？」

〈車のナンバーから、持ち主を当たって欲しい〉

「その、違法薬物を勧めていたって連中ですか？」

〈そうだ〉

「分かりました」

柴崎は、山縣が言うナンバーを手帳に書き留めた。

「山縣さん。一つ訊《き》いていいですか?」

柴崎は、ふと思いつくままに切り出した。

〈なんだ?〉

「亡霊って呼ばれる男を知っていますか?」

ズバリ答えを言い当ててくれるとは思っていない。ただ、山縣なら、事件のとっかかりとなる何かのヒントを与えてくれそうな気がした。

〈……亡霊ねぇ〉

「はい。名前も顔も分からない、麻薬密売組織のボスです」

〈それで、亡霊か……都市伝説みたいだな〉

「そうですね」

柴崎は、ため息混じりに答えた。

確かに、都市伝説のように怪しい話ではあるが、柴崎は亡霊は実在すると考えている。

〈参考になるかどうか分からんが、昔、同じあだ名で呼ばれた男がいた〉

「え？」

〈三十歳そこそこで、一大麻薬シンジケートを作った犯罪の天才。黒木京介という男だ〉

柴崎もその名に聞き覚えがあった。

「あの黒木ですね？　あいつは確か……」

「八年前に逮捕され、マスコミを賑《にぎ》わした。今も収監されているはずだ。

〈ああ。塀の中にいる〉

山縣が、静かに言った。

十四

志乃は、車椅子《くるまいす》のハンドリムを操作して、ドアの前に立った。

普段は自分が使っている部屋だが、今はこのドアの向こうに恭子がいる。

あのあと、恭子は一言も口を利《き》かなかった。食事もろくにとらずに、部屋に閉じ籠《こ》もってしまっている。

一度にいろいろなことがあった。精神的負担が大きかったのだろう。

山縣や公香は、しばらくそっとしておいた方がいいと言っていたが、志乃にはそれができなかった。

恭子は、自暴自棄になっている。

――自分などいなければいい。

かつて、志乃もそんな衝動に駆られたことがある。責任の全《すべ》てを自分の内に見出《みいだ》していた。

「ちょっといいかな」

志乃は、ドアをノックしながら声をかけた。

返答がない。

ドアノブをひねり、車椅子でドアを押し開けるようにして部屋に入った。

恭子は、志乃が入って来たことに気づいているはずなのに、ベッドに腰掛け、無表情のままドレッサーに映る自分の顔を見つめていた。

「そのドレッサーね、ママの形見なの」

志乃は、言いながらドアを閉めた。

返事こそなかったが、恭子は少しだけ首を動かし、志乃に視線を向けた。

「ママは、あたしが十二歳のときに交通事故で死んじゃったんだ」

志乃は、部屋の隅にあるピアノに目を向けた。

赤いカバーが掛けられたピアノは、事故以来ずっと弾いていない。ピアノの前に座ると、事故の日の記憶が鮮明に蘇《よみがえ》ってくるからだ。

「あの日、あたしは、ママに頼んでピアノの演奏会用の衣装を買いに行ったんだ。それで、事故に遭ったの……」

恭子の視線が、志乃の動かない両足に向けられた。

「あたしは、歩かなくなった」

志乃は、目を伏せながら言った。

歩けないのではない。歩かなくなったのだ。口にすることで、それを改めて実感した。

母親が死んだショックから立ち直れず、志乃は歩くことを止《や》めてしまった。

今になって必死にリハビリをしているが、長年にわたり動かさなかった両足は、関節が固まり、筋肉がそげ落ち、棒きれのようになってしまっていた。

医者からは、再び歩けるようになるのは、奇跡に近いと言われた。

現実と向かい合わなかった罰――志乃は、そう認識している。

だが、諦《あきら》めるつもりはない。諦めたらそれで終わり。

「何で、そんな話をするの？」

恭子が掠《かす》れた声で言った。

戸惑っているのが伝わってきた。

「何でだろう？」

志乃は、恭子と向かい合う位置に移動し、微笑《ほほえ》んでみせる。

「同情して欲しいんですか？」

恭子は、志乃の視線から逃れるように、顔を背けながら言った。

その横顔は、さっきより少し幼く見えた。

「そうじゃないわ。あたしは、多分、ちょっと楽になりたかったの」

「楽に？」

恭子が、分からないという風に、眉間《みけん》に皺《しわ》を寄せる。

「自分で抱えてると辛《つら》いけど、誰かに話して楽になることってあるでしょ。あたしは、今、恭子ちゃんに話して、少し楽になったんだ。だから……」

志乃は、恭子の右手を包み込むように握った。

ビリッ——。

恭子に触れた瞬間、電気が流れたような衝撃が走った。

強い光を当てられたときのように、目の前が真っ白になる――。

――なに？

困惑する志乃の網膜に、映像が飛び込んで来た。


狭い部屋の中に、右耳の上半分が欠損している男がいた――。

今朝の夢の続き――志乃は、すぐにそれを悟った。

男は、ねじり上げ、紐状《ひもじょう》にした上着の両端を結び、輪にすると、その中に自分の首を通し、水道の蛇口に引っかけた。

静寂を突いて、コツコツと歩く足音が聞こえる。

男は、目を閉じ、しばらくじっとしていたが、やがてポケットの中から錠剤を取り出し、一気に飲み込んだ。

――何をしようとしているの？

志乃の問いかけは届かない。

男は、まるで勝ち誇ったように笑みを浮べた。

背筋がぞっとするような、冷たい笑いだった。ここに来て、志乃にも、男の意図が分かった。

――ダメ！

志乃の叫びも空《むな》しく、男は、首に上着を巻き付けたまま、前のめりに倒れた。

上着が男の首に食い込む。

――誰か！ 彼を助けて！

志乃が絶叫するのと同時に、目の前が白い光に包まれた――。

次に、志乃の網膜に映ったのは、明滅する赤いランプの光だった。

幹線道路を、救急車が走っていた。

搬送スペースのストレッチャーには、一人の男が横になっていた。

さっき、首を吊《つ》った男だ。

救急隊員が、容態を確認しながら、せわしなく動いている。

制服を着た刑務官と思われる男が、その様子をじっと眺めていた。

――彼は、助かるの？

志乃の問いかけに答えるように、ストレッチャーの男が、ゆっくりと目を開けた。

――良かった。

ほっとしたのもつかの間、男はうっすらと笑みを浮べ、身体《からだ》を起こした。

その手には、ナイフが握られていた。

刑務官が、驚愕《きょうがく》の表情を浮べ、身体を仰《の》け反《ぞ》らせる。

だが、それを、救急隊員が押さえつけた。

――どういうこと？

志乃が状況を呑《の》み込めずに動揺している間に、男が刑務官に向かってナイフを振り下ろす。

その鋭い切っ先は、刑務官の左目に突き刺さる。

血飛沫《ちしぶき》が飛んだ。

――止めて！

志乃の悲痛な叫びが届くことはない。

ナイフを引き抜いた男は、苦痛に蹲《うずくま》る男に、容赦なく何度もナイフを突き立てる。

流れ出す血が、救急車の搬送スペースを真っ赤に染める。

――お願い！　もう止めて！


志乃は、大きく息を吸い込むようにして目を覚ました。

額にびっしょりと汗をかいていた。

ぼやけていた視界が、次第にはっきりしてくる。

「大丈夫？」

心配そうに覗《のぞ》き込んでいる公香の顔が見えた。

「あたしは……」

志乃は、上体を起こした。

ずきっと、こめかみに痛みが走る。

脳が、内側から頭蓋骨《ずがいこつ》を破ろうとしているような感覚だった。

「まだ起きない方がいいわよ」

公香が、志乃の頭を撫《な》でるようにしながら言う。

「ええ……」

志乃は、返事をしながら辺りに視線を走らせる。

そこは、見慣れた自分の部屋のベッドの上だった。

山縣が、壁に寄りかかるようにして立っていた。恭子は、ドレッサーの椅子に俯《うつむ》いて座っている。

「何があったの？」

公香が、柔らかい口調で訊《たず》ねる。

「あたしは……」

志乃はこめかみを押えながら、意識を集中させる。

朧気《おぼろげ》だった記憶が、次第にはっきりしたものに変わっていく——。

志乃は、恭子と話をしていた。そして、彼女の手に触れた。それと同時に、電気が流されたような感覚に陥り、頭の中に映像が流れ込んで来た。

前にもこれを経験した。鳥居《とりい》の娘である奈々《なな》に触れたときに、同じことが起きた。

「夢を……見たんです」

「夢？」

公香が首を捻《ひね》る。

「救急車で運ばれている人がいました。多分、囚人です……」

話しながら、志乃は指先が震えるのを押えられなかった。

「それで？」

公香が、先を促す。

志乃の脳裏に、あの男の顔がフラッシュバックする。

右耳の上半分が欠損した、冷たい笑みを浮べた男——。

志乃は、今まであれほどまでに暗く冷たい目を見たことがない。彼は、人の命をなんとも思っていない。

根拠があるわけではないが、本能的にそう感じた。

「大丈夫よ」

公香が、志乃の手をぎゅっと握る。

その暖かさが、恐怖を和らげてくれているようだった。

「そこで、人が殺されたんです」

改めて口にすることで、志乃は崖《がけ》から突き落とされたような、絶望的な気分を味わった——。

十五

真田は、留置場のベッドに寝転び、ぼんやりと天井を眺めていた。

こうやってじっとしていると、いつも決まって嫌なことが頭を過《よ》ぎる。

両親が殺されたあの夜のことだ——。

ズキッと右の額にある古傷が痛んだ。

もう八年も前の傷だ。とっくに治っている。だが、それでもときどき痛みに襲われる。

事故などにより、後天的に手や足を失ったはずの人が、すでに無い身体の部分の痛みを感じるファントム・ペインという症状があるが、それに似たものなのかもしれない。

失ったものの痛み――。

刑事だった真田の父親は、当時、麻薬密売にからんだ大きな組織を追っていた。その組織にとって邪魔な存在になり、消されたのだ。

あの事件で、一命をとりとめた真田だったが、命の危険があるため、山縣の計らいで死んだことにされ、名前を変えて別人として生活することを強いられた。

あの事件がなければ、探偵になどならず、普通に大学に入り、今頃はどこかの企業に就職して、あくせく働いていただろう。

最初は、その境遇を呪《のろ》いもしたし、犯人に対する憎しみから、復讐心《ふくしゅうしん》に駆られたこともある。

実際、犯人と対峙《たいじ》したとき、真田は拳銃《けんじゅう》の引き金を引こうとした。

だが、結果として引かなかった。

志乃に止められたのもあるが、あの瞬間、そこから何も生まれないのだと気づかされたのだ。

昔は嫌だったが、今では、この生活も結構気に入っている。

そう思えるようになったのは、山縣や公香、それに志乃の存在が大きい。

普通に生活していたら、きっと出会うことがなかった者たちだ。

カチャッ。

鍵《かぎ》が開く音がした。

――どうやらお迎えが来たらしい。

真田は、「よっ」と跳ねるようにして身体を起こした。

ドアを開けて部屋に入って来たのは、毎度のことながら柴崎だった。

山縣の部下だった刑事で、ある事件をきっかけに顔を合せた。それ以来、いろいろと世話になっている。

「もうちょっと早く来れないのか？」

真田は、突っかかるように柴崎に言う。

「こっちにだって都合はあるんだ。少しくらい我慢しろ」

柴崎は、憮然《ぶぜん》とした口調だ。かなり機嫌が悪い。

「分かったよ」

「また、今回は派手にやられたな」

柴崎が、真田の顔をみながら、皮肉混じりに言う。

「今度会ったら、ぶっ飛ばしてやる」

「油断してたのか？」

柴崎は、ニヤリと笑った。

「油断なんかしてねぇよ。正々堂々とやって、この様《ざま》だ」

「相手は？」

——嫌なことを訊《き》く。

「無傷だ」

真田が答えると、柴崎が、少し驚いたように目を丸くした。

「相手は熊《くま》か？」

柴崎が、おどけた調子で言う。

「三十代前半の人間」

「お前も、たいしたことないな」

柴崎が、肩を震わせながら笑った。

「小言ばっか言ってると、奥さんに逃げられちまうぜ」

怒る気にもなれない。真田は、軽口で返した。

「余計なこと言ってると、出してやらんぞ」

——それを言われると痛い。

「へいへい。悪かったよ」

「まったく……」

柴崎は、もううんざりだという風に言いながら、顎《あご》で真田に出るように合図した。

真田は、それに従い留置場を出た。

エレベーターで一階に下りると、いつもと明らかに違う雰囲気だった。

制服警官や刑事たちが、慌《あわ》てた様子で走り回っている。

「何があった？」

柴崎は、近くを通りかかった刑事を呼び止めた。

「甲州街道沿いに乗り捨てられた救急車から、遺体が発見された」

刑事が早口に言う。

「なんだと？」

「詳しいことはまだ分かっていないが、遺体はめった刺しだったそうだ」

「殺しか？」

「とにかく、現場に急行する」

刑事はそう言い残すと、走り去っていった。

「大変なことになってんだな」

真田は、呆然《ぼうぜん》としている柴崎に声をかけた。

「ああ……」

返事はしたものの、柴崎は上の空だった。

——電車で帰るしかなさそうだ。

真田が、諦《あきら》めのため息をついたところで、携帯電話に着信があった。

表示されたのは、公香の番号だった。

「もしもし」

〈今、どの辺り？〉

いつになく固い口調で公香が言う。

「留置場を出たところだ。何かあったのか？」

〈志乃ちゃんが、また夢を見たの〉

「人が、死ぬ夢か？」

〈そう〉

電話の向こうで、公香が意気消沈しているのが聞こえた。

真田は、胸の中をかき乱されたような気分がした。嫌な予感がする。

「もしかして、救急車の中で、人が殺される夢か？」

〈え？　なんで、真田がそれを知ってるの？〉

公香が、興奮気味に言う。

——やっぱりそうだ。

「今、警察で騒ぎになってる。救急車の中で、遺体が発見されたって……」

真田は、ぐっと奥歯を噛《か》みしめた。

第二章　Pain

一

薄暗い、倉庫のような場所だった――。
志乃は、まるで水中を漂っているような、ふわふわとした感覚を覚えていた。
男が、椅子《いす》に座っている。
いや、正確には、座らされていた。
両手を後ろ手に縛られ、両足は椅子の脚にくくりつけられている。
意識を失っているのか、力なく頭を垂らしていた。
――あなたは誰？
志乃は無駄と分かっていながら訊《たず》ねる。
それに答えるように、一人の男がゆっくりと歩いてきて、椅子の前に立った。
右耳の上半分が欠損している。
――あなたは。
志乃は、驚きの声を上げた。
右耳の男は、椅子に座っている男に顔を近づけ、何かを囁《ささや》いた。

座っている男は、それに反応して、驚いたように顔を上げる。

右耳の男が、口許《くちもと》を緩め、やけに赤い唇を舐《な》めた。コンバットナイフを手にしている。

——何をする気なの？

志乃の中に、嫌な感覚が広がっていく。

刃渡り十センチはあるナイフが、座っている男の右の太ももに突き刺さった。

「ぐあぁ！」

身体《からだ》を仰《の》け反《ぞ》らしながら悶《もだ》える。

——止《や》めて！

志乃は、身体の芯《しん》から震え上がるような感覚を味わった。

右耳の男は、ぶるっと身震いすると、目を細め恍惚《こうこつ》の表情を浮べる。

座っている男は、身体をくの字に曲げ、痛みを堪《こら》えようと、肩で大きく呼吸を繰返す。

だが、右耳の男は、容赦なかった。

座っている男の髪を摑《つか》み、顔を上げさせると、その左耳の付け根にナイフの刃をあてがう。

何をされるか察したらしく、座っている男は、剝《む》き出すように両目を見開き、必死に身体を揺さぶる。

——お願いだから、止めて！

志乃も、腹の底から叫ぶ。

だが、その抵抗をあざ笑うかのように、右耳の男はナイフをゆっくり引いていく。

「ぎゃぁ！」

断末魔の叫びが、血飛沫《ちしぶき》とともに、そこら中にまき散らされる。

——狂ってる。

志乃は目を閉じようとした。

だが、意識だけの存在である志乃には、目を逸《そ》らすことすらできなかった。

耳がポトリと床に落ちた。

右耳の男は、次にナイフの切っ先を、座っている男の眼球の前でひらつかせる。

その先を想像し、志乃はつま先から這《は》い上がるような恐怖を感じた。

「助けてください。助けてください」

座っている男が、涙をボロボロ流しながら懇願する。

だが、その願いは聞き入れられない。

ナイフが素早く横一文字に振られ、眼球を切り裂いた。

ただひたすら叫び続け、涙と涎《よだれ》を垂れ流す男。

——止めて！ 止めて！ 止めて！

志乃は、ただそれだけを繰返す。

だが、無情にも、右耳の男は、泣き叫ぶ男の首をナイフで切り裂いた。

悲鳴が止んだ——。

それに代わり、右耳の男の笑い声が響いた。

天井を仰ぎ、肩を震わせながら笑う彼の声が、志乃の耳朶《じだ》を揺さぶる。

爪《つめ》で金属をひっかくような不快音となって、志乃の全身に広がっていく——。

「いやっ！」

かっと目を見開き、志乃は目を覚ました。

重い頭を支えるようにして、どうにか上体を起こした。

心臓が、激しく脈動する。落ち着こうと、何度も深呼吸を繰返すが、思うようにいかなかった。

握り締めた拳《こぶし》の上に、ポタポタと涙が落ちる。

今まで、人が死ぬ夢は何度も見てきた。その中には、目を背けたくなるような怖《おそ》ろしい場面もたくさんあった。

だが、今回の夢は、その中でもひときわ怖ろしかった。

「大丈夫？」

公香が、声をかけてきた。

「はい……」

志乃は、頭の痛みを堪えて顔を上げる。

「人が死ぬ夢を見たのね」

公香の言葉に、頷《うなず》いて答えた。

「辛《つら》かったのね」

公香が、指先で涙をぬぐう。

志乃は、下唇をぎゅっと噛《か》み、首を左右に振った。

「そうやって、一人で抱えない！」

公香が、志乃の頭を抱き寄せる。

強く抱きしめられ、息が詰まったが、心の中に冷たく広がっていた恐怖が、ゆっくりと溶け出していくようだった。

「すみません……」

志乃は、再び溢《あふ》れそうになった涙を堪えながら言った。

「大丈夫。志乃ちゃんには、私たちがついてるから」

「はい」

志乃は、笑顔で答えると、ベッドの脇《わき》に置いてあったスケッチブックと鉛筆を取った。

まだ頭に痛みが残ってはいたが、ゆっくり休んでいる余裕はない。

記憶が薄れないうちに、夢の中で見たものを描かなければ、また誰かが死ぬ――。

描き始めようとしたところで、ドアが開いた。

顔を出したのは、山縣だった。

普段、冷静な山縣が、険しい表情をしている。

「真田じゃあるまいし、ノックもなしにレディーの部屋に入らないでよ」

公香が、いつもの軽口で返す。

それを受けても山縣の表情は変わらなかった。

「桜田恭子が、部屋からいなくなってる」

山縣が告げた。

――まさか。

信じられなかった。

昨晩、恭子には志乃の部屋で寝てもらい、志乃は公香と同じ部屋で寝ていた。

軟禁するようなかたちになってしまうが、安全を考えて部屋の外側から鍵《かぎ》をかけておいた。何か用があれば、ブザーを鳴らすことになっていた。

深夜に一度、トイレに行きたいということで、公香が対応した。

「どうして？　だって鍵を……」

言いかけた公香だったが、何かを思いついたらしく、大きく目を見開いた。

「かけ忘れたのか？」

山縣が、呆《あき》れたように言った。

「捜す！」

公香は、返事をする代わりに立ち上がった。

二

「なんですって？」

柴崎は、驚きのあまり声が裏返った。

向かい合うかたちで座っている、新宿署の署長である伊沢《いざわ》から発せられた言葉に、耳を疑った。

「事実だ。あの救急車には囚人が乗っていた」

伊沢は、ソファーに深く身を沈めた。

「その囚人の身柄は……」

柴崎は質問しながらも、その答えが分かっていた。

「発見されていない。脱獄したとみて間違いないだろう」

伊沢は、うんざりだという風に、薄くなった髪をかき上げた。

さすがに疲労困憊《こんぱい》といった感じだ。

「しかし、なぜです？」

――なぜ、脱獄できたのか？

柴崎には、その理由が分からなかった。

「昨夜、二十二時頃、刑務官の板倉《いたくら》が、独房で首を吊《つ》っている囚人を発見。救急車が手配された」

伊沢が、淡々とした口調で話し始めた。

「救急車の中で、死亡していた人物ですか？」

「そうだ」

「では、板倉とその囚人がグルだったんですか？」

「それは分からんが、救急車は医務官の判断で要請した」

「そうですか……」

医務官の判断であったなら、囚人が危険な状態にあったというのは、疑いようのない事実だろう。

「到着した救急車に囚人を乗せ、板倉が付き添うことになった」

ここで、柴崎は違和感を覚えた。

「救急隊員はどこに行ったんですか？」

救急車には、救急隊員も同乗していたはずだ。だが、現場に残っていたのは板倉の遺体だけだ。

忽然《こつぜん》と姿を消したことになる。

「刑務所の話では、囚人を救急車に収容したあと、もう一台救急車が到着したそうだ」

柴崎は、伊沢の言葉にドキリとする。

「偽物《にせもの》だった……」

「厳密に言うと違う。事件発生の一時間前に、川崎市多摩消防署で救急車が盗難にあった」

「つまり……」

「そうだ。脱獄用に用意されたものだったわけだ。盗難車については緊急手配もされていたが、こちらが発見する前に、最悪のかたちで使用されてしまった」

「なんてことだ……」

柴崎は天井を仰いだ。

今回の犯行は単独犯ではない。組織的な犯行と見て間違いないだろう。それも、統率された精鋭ともいえる組織。

「話は、これで終わりじゃない」

伊沢は、苦々しい表情で言うと煙草《たばこ》に火を点《つ》け、ゆっくりと煙を吐き出す。

「と、いうと……」

「脱獄した囚人の独房には、ノートパソコンが隠してあった」

「どこで、そんなものを……」

「それは、現在調査中だが、死んだ板倉という刑務官は、刑務所の検閲担当だったようだ」

その先は、説明の必要がなかった。

おそらくは、板倉という刑務官が、囚人宛《あて》に送られて来る荷物を検閲せずに差し入れていたのだろう。

刑務所内の検閲は二重チェックになっている。だが、その最初のチェックを担当するのは、時給九百円のアルバイトだ。

最終チェックを行う板倉が黙認すれば、いくらでも物が持ち込める。

一息吐《つ》いてから、伊沢が、さらに説明を続ける。

「データは削除されていたが、鑑識により、その一部が復元された。外部の人間と、メールのやりとりを行っていたようだ。その内容は、麻薬密売にかかわるものだ」

そこまで一気に言うと、伊沢は煙草を灰皿に押しつけた。

燻《くすぶ》った煙がゆらゆらと揺れながら、部屋の中に充満していく。

「刑務所の中から、麻薬売買の指示を出していたってことですか？」

「そうだ。脱獄した男は、組織のボスだ」

伊沢は、吐き出すように言うと、新しい煙草を咥《くわ》え、柴崎にも一本差し出す。

柴崎は、差し出された煙草を受け取り、火を点ける。

刑務所の中から、麻薬のシンジケートを操っていた。そんなことが可能なのだろうか？

「脱獄した囚人は、何者ですか？」

柴崎は、煙を吐き出しながら訊《たず》ねる。

伊沢はガクンと肩を落とし、しばらく足許《あしもと》を見つめるばかりだった。

その囚人に対して、何か特別な思い入れがあるらしかった。

過去に逮捕したことがあるか、或《ある》いは苦い思いをさせられた経験があるか――柴崎には判断がつかなかった。

ただ、じっと伊沢の次の言葉を待つ。

「囚人の名は、黒木京介」

伊沢が、ふっと顔を上げながら言った。

「黒木……亡霊と呼ばれた男ですか？」

柴崎は思わず腰を浮かせた。

伊沢は柴崎の心情を悟ったらしく、一つ大きく頷いた。

「お前も、知っていたか」

「名前だけは」

「おそらく、我々の追っていた亡霊も黒木京介だ」

伊沢が静かに口にした言葉が、大きな波紋となって柴崎の胸に広がった。

今まで、どんなに追いかけても、その所在の分からなかった男。彼は、刑務所の中にいた。

すでに収監されているのだから、警察の捜査の手が及ぶことはない。それだけではなく、対抗する組織に狙《ねら》われる心配もない。

――ある意味、もっとも安全な場所にいたわけだ。

柴崎は、自分の膝《ひざ》に拳《こぶし》を落とした。

「早速、黒木の行方を追いましょう」

感情が沸き立ち、柴崎は立ち上がりながら声高に言った。

それに反して、伊沢は、腕組みをしてソファーに深く座ったまま動かない。

「黒木の行方は、本庁の組織犯罪対策部が追うことになる。私がわざわざ君をここに呼んだのは、頼みたいことがあるからだ」

「頼みたいこと?」

「先のクラブハウスの強制捜査でも分かるように、我々の捜査情報が、奴《やつ》らに流れている可能性がある」

それは柴崎も感じていた。

だが――。

「内通者のあぶり出しは、警務部の仕事では？」

「私は、君に頼んでいる」

「なぜ、私なんですか？」

抗議する柴崎の言葉を受け、伊沢はわずかに目を伏せた。

「君の過去の実績を鑑《かんが》みれば、妥当な判断だと思う」

柴崎は、伊沢の言葉に怒りをぶつけることができなかった。

確かに、柴崎は過去に内通者を逮捕している。だが、それは、意識的にやったことではない。

恨むなら、自らの人望のなさを恨めということか――。

三

真田は、言い争いをしているような声で目を覚ました。

昨晩は最終電車で帰ることになり、事務所にたどり着いたのは、深夜を過ぎてからだった。

志乃の夢のこともあったし、帰ってからもほとんど眠れなかった。

「捜す！」

公香が大声で言うのが聞こえた。

「朝っぱらから、何だよ」

真田はベッドから起き出すと、大きく伸びをして部屋から出た。

その瞬間、公香がもの凄《すご》い勢いで走って来た。避けようと思ったが、遅かった。

真田は押し倒されるようなかたちで倒れた。

「痛いわね！　どいて！」

公香がヒステリックに喚《わめ》き散らしながら立ち上がる。

「いきなりぶつかっておいて、何だよそれ」

真田は、舌打ち混じりに起き上がると、走って出て行こうとする公香の腕を摑《つか》んだ。

だが、それでも公香は止まらない。

「離して！　あんたの相手をしてるほど暇じゃないの！」

「どういう意味だよ！」

売り言葉に買い言葉、真田も口調を荒くする。

「もう、突っかからないでよ！」

「少し、落ち着け」

山県が、もううんざりだという風に頭をかきむしりながら、二人の間に割って入った。

「でも……」

「だいたい、闇雲《やみくも》に走り回ったところで、見つかるわけないだろ」

山県が、なおも興奮する公香を窘《たしな》める。

事情を知らない真田は、置いてきぼりを食ったかっこうだ。

「なあ、何があったんだ？」

「桜田恭子がいなくなった」

真田の問いに、山県が答える。

——なるほど。それでこの騒ぎってわけだ。

昨夜、帰ってきたときに、恭子を預かることになった経緯は山県から聞いていた。

この慌《あわ》てぶりからいって、公香のミスで逃げられてしまったのだろう。

「すぐに捜さなきゃ」

公香が、真田の腕を振り切って走り去ろうとする。

「無鉄砲は俺の専売特許。公香がそんなじゃ、収拾つかないだろ」

「真田の言う通りだ」

山縣が言う。

「どういう意味だよ」

他人に言われると、なんだか腹が立つ。

「とにかく、対策を考える必要がある。一旦《いったん》、集合しよう」

公香が落ち着いたのを見計らって、山縣が階段を下り、玄関脇《わき》にある応接室に向かう。

「と、いうことだ」

「分かってるわよ！」

公香は、真田の言葉にぶっきらぼうに応じた。

十畳ほどの広さの応接室に、真田を始め、山縣、公香、志乃の全員が顔を合わせた。

山縣から一通りの状況説明があったところで、部屋の中は沈鬱《ちんうつ》な空気に包まれた。

公香は真田の隣に座り、片膝を抱えるようにして俯《うつむ》いている。

まるで、ふて腐れた子どものようだ。

向かいにいる志乃は、車椅子《くるまいす》に座り、膝の上でぎゅっと拳を握り締めている。

――夢で見たことが、現実になった。

そのことに心を痛めているのだろう。

さらに今朝になって、また新たに人が死ぬ夢を見た。

「状況から考えて、志乃が予見した人の死と桜田恭子には、何らかの関係があると見て間違いないだろう」

山縣が、全員の気持ちを鼓舞しようと切り出した。

真田もその意見には賛成だった。

前回の事件のときも、志乃は奈々という少女に触れたことがきっかけで、人の死を予見するようになった。

そして、それらは一つの事件につながっていた。

「どうするの？」

公香が口を尖《とが》らせながら言う。

だが、その答えは言われるまでもなく分かっている。

「桜田恭子の捜索と、志乃の予見した夢。どちらも放置できない」

山縣が、改まった口調で言う。

「両方、調べるってことね」

真田が言う。

だが、公香は納得いかない表情のままだった。

山縣は、それに気づいていないながら、無視して話を進める。

「真田と公香で、桜田恭子を捜索してくれ。昨日、公香が盗聴器を仕掛けたのは幸いだった。電波を追えば見つけられるだろう」

「公香の無謀な行動も、少しは役に立ったわけだ」

真田は、皮肉を込めて言った。

「あんたと一緒にしないでよ」

公香は口を尖らせながらも、捜す手がかりを得たことで、ようやくいつもの公香に戻ったようだ。

「志乃は、夢で死を予見した人物の似顔絵を仕上げてくれ」

「山縣さんは、どうすんだ？」

「私は、柴崎と連絡を取り、昨日の連中の素性を洗う」

――なるほどね。

「人手が足りないわね」

公香がぼやくように言った。

確かにその通りだ。やることが多すぎて、四人ではとても対応できそうにない。

「大丈夫だ。助っ人《すけと》を用意してある」

山縣が、自信に溢《あふ》れた笑みを浮べた。

「助っ人って誰だ？」

「そのうち分かる」

首を捻《ひね》る真田に、山縣は含みを持たせるように答えた。

追及しても教えてくれそうにない。とにかく、今は桜田恭子を捜すことが先決だ。

「では、行くとしますか」

真田は、跳ねるようにして立ち上がった。

四

公香は、バイクのバックシートにいた。

運転するのは真田だ。

身体《からだ》を、吹き抜ける風が、少しひんやりしていた。

いろいろなことがあり、熱くなり過ぎていた感情が、クールダウンしていくようだった。

〈次はどっちだ?〉

無線につないだインカムから、クリアな真田の声が聞こえてくる。

公香は、携帯端末を取りだし、小型モニターに表示された、目印の赤い点を確認する。

恭子に仕掛けた盗聴器から発せられる電波をキャッチし、その所在地を特定している。さっきまでその表示は移動を続けていたが、今はある一点で止まっている。

「彼女、学校に行ったみたいね」

〈学校?〉

真田が、信号前でバイクを減速させながら訊《き》く。

「そう。焦《あせ》って損したわ」

公香は、ほっと肩の力を抜きながら言った。

拍子抜けした感はあるが、昨日のこともあるし、自暴自棄になって、妙なことをされるよりマシだ。

〈まったく。らしくねぇよ〉

「え？」

公香が訊き返すのと同時に、信号が青に変わり、真田がバイクをスタートさせた。

気がゆるんでいたこともあり、公香は身体が仰《の》け反《ぞ》り、危うく振り落とされそうになる。

「ちょっと、いきなり発進しないでよ」

公香は、目の前にある真田のヘルメットを引っぱたいた。

〈痛ってぇな〉

真田が、振り返りながら抗議する。

「前見て運転しないと、また事故るわよ」

〈またって何だよ。またって〉

「また、でしょ。あんた、何台バイク壊したと思ってんの？」

〈うるせぇな〉

真田は、文句を言いながらも前を向き、バイクの速度を上げた。

昔は、こんな風にバイクのバックシートに乗って、誰かとじゃれ合うなんて、考えもしなかった。

公香は、ふとそんな思いに駆られた。

その心の揺れ動きが、腰に回した手から伝わったのか、ちらっと真田が振り返った。

公香は、思わず視線を逸《そ》らす。

〈一つ訊いていいか？〉

真田が言った。声のトーンが、いつもと少し違う。

「何？」

〈公香って、ウチに来る前は、何してたんだ？〉

意外な質問に、公香はドキリとする。

今まで、真田からそんな質問を受けたことは一度もなかった。

最初に会った日から、仕事仲間として当たり前のように真田はそこにいて、姉と弟のように接して来た。

幼い頃から一緒にいるような錯覚に陥るが、実際はそうではない。

「何してたって、どういうことよ」

〈だから、いきなり探偵になろうと思ったわけじゃねぇだろ。どこで生まれたのかとか、どこで育ったのかとか、そういうことだよ〉

何だか妙な感覚だった——。

「ここに来る前は、ダルクにいたの……」

公香は、呟《つぶや》くように言った。

〈ダルク？ なんだ、それ？ どっかのベンチャー企業か？〉

「まあ、そんなとこかな」

〈へぇ……その前は？〉

「いろいろよ。秘書みたいな仕事とかね」

〈それ、なんか分かる気がする。変装のときも、秘書姿って様になってるもんな〉

真田が、声を上げて笑った。

だが、それは嘘《うそ》だった——。

実際には、秘書とはほど遠い、仕事ともいえないことをしていた。

薬にまみれ、力のある男に媚《こ》びを売る。他人がどうなろうと関係ない。汚れた世界で、生きているのか、死んでいるのかも分からない日々を過ごす。

眠っていた記憶が呼び覚まされ、公香の脳裏に一人の男の顔が浮かんだ。

氷のように冷たい目をした男だった。

冷徹で、非情で、空っぽの心を持った男——。

あのときの公香には、その姿が魅力的に見えた。だが、今になって思い返すと、それは恐怖に変わる。

「真田。私からも訊いていい？」

〈なんだ？〉

「私に最初に会ったときのこと、覚えてる？」

なぜ、そんなことを口にしたのか、公香自身分からなかった。

ただ、知りたいという衝動に駆られた。

今は、当たり前になった真田たちとの生活。だが、あの当時は、先のことを考え、不安で眠れないこともあった。

〈覚えてるよ。あんとき、公香は、すっげー怖い顔してたんだぜ〉

「怖い？」

〈ああ。挨拶《あいさつ》したのに、シカトされてさ。嫌われてんのかなって思ったね〉

「そうだっけ？」

公香は苦笑いを浮べた。

ずっと姉と弟のようだと錯覚していたが、それは本当に錯覚だったようだ。

確かに言われてみれば、最初の頃、真田と話をした記憶がない。

いつの間にか、お互いに軽口を叩《たた》くようになっていた。

――何がきっかけだったのだろう？

記憶を辿《たど》ってみたが、思い出せなかった。

〈言い方悪いけど、人殺してそうな感じだった〉

「何それ」

公香は真田のヘルメットを小突いた。

ふざけてはみたものの、真田の感想に間違いはない。

あの頃は、自分のことで精一杯で、他人を気遣う余裕はなかった。

施設は出たものの、再び元の暗い世界に転落するかもしれないという危機感を抱いていた。

目隠しで綱渡りをするようなものだ。

でも──。

「何で、急に私の昔のことなんか訊くの？」

〈気になったんだよ〉

「だから、何で？」

〈昨日の公香の行動、明らかにおかしいじゃんか〉

ズバリ言われて、すぐに反論できなかった。

「……どういう意味よ」

〈後先考えずに突っ走るのは、俺の仕事。でも、昨日は違った。出て来る前に、志乃とも話したんだけど、公香は恭子って娘に入れ込み過ぎてる〉

真田だけならまだしも、志乃にまで見透かされている。年下の二人に窘《たしな》められているようで、妙に気恥ずかしかった。

「別に、そんなんじゃないわよ」

否定はしてみたものの、自分でも説得力がないと思う。

〈それにさ、よく考えてみたら、俺は公香のこと何も知らないって思ったんだ〉

それは、公香も同感だった。

何年も一緒に仕事をしていて、相手の性格やクセなんかは熟知しているのに、それを形成するに至った過去を知らない。

公香自身、真田の両親の事件のことは知っているが、それが起きる前、どんな生活をしていたのか全く知らない。

すぐ近くにいるのに、急に距離が遠くなった気がした——。

〈着いたぜ〉

考えがまとまる前に、バイクは目的地に到着した。

五

志乃は、車椅子《くるまいす》のハンドリムを操作して、作業部屋のドアの前に移動した。

――もう、誰にも死んで欲しくない。

決意を固め、車椅子でドアを押し開けるようにして部屋に入った。

古い木製のテーブルの前に移動した志乃は、スケッチブックと向かい合った。

目を閉じ、改めて今朝見た夢を思い返す。

今回の夢は、今までと大きく違うことがあった。

それは、夢で見る映像が以前より鮮明で、被害者だけでなく、加害者の顔もはっきり確認できたことだ。

夢の精度が上がっているのかもしれない。

犯人が誰か分かっていれば、捜査するのがだいぶ楽になる。助けられる可能性も、飛躍的に上がる。問題は、どちらを先に描くかだ。

迷った末に、被害者から手がけることにした。

加害者の男に比べ、被害者の男は、これといった特徴がなかった。印象が薄れる前に、描いた方がいい。

志乃は、鉛筆で輪郭をとり、記憶を頼りにデッサンを始める。

――こうやって、絵を描くのは何度目だろう？

ふと、そんなことを思った。

部屋の中には、キャビネットが並んでいる。その中には、今まで志乃が夢で死を予見した人たちの似顔絵や、事件に関連した新聞の切り抜きなどが入っている。

――本当に、たくさんの人が死んだ。

それを考えると、胸に突き刺すような痛みが広がり、息が苦しくなる。

――もっと救えた命があったはずだ。

どんな慰めの言葉を受けようと、志乃の中からその想《おも》いが消えることはない。

一生かけて背負っていかなければならない十字架だ。

だからこそ、もうこれ以上、人が死ぬのは見たくない。自然と鉛筆を握る手に力がこもる。

輪郭を描き終えたところで、ドアが開き山縣が顔を出した。

「どうだ？」

「今、取りかかるところです」

志乃は、スケッチブックの上で、鉛筆を走らせながら答える。

「そうか……」

山縣は、近くにあった椅子を引き寄せ、志乃の斜め後ろに座った。

「公香さんと真田君は？」

「行ったよ」

「見つかるでしょうか？」

志乃は、ふと手を止めた。

恭子の精神状態は、非常に不安定だ。妙なことを考えていなければいいと思う。

「大丈夫。場所は、だいたい見当がついてるしな」

山縣が、のんびりした口調で言った。

「え？」

志乃は、思わず耳を疑った。

考えてみれば、恭子がここからいなくなってからも、山縣はさして慌《あわ》てていなかった。

「たぶん、学校だよ」

「なぜ、そう思うんですか？」

「理由なんてないさ。勘だよ。彼女は、真面目《まじめ》な娘《こ》だ。だから悩み、揺れ動いているんだ」

山縣の言う通りかもしれない。

多感な時期に、父親との折り合いが悪く、はずみで昨日のようなことになってしまったが、好き好んで危ない世界に出入りするタイプではない。

「公香さんも、昔は、彼女のようだったんですか？」

志乃は、再びスケッチブックと向き合いながら訊《き》いてみた。

昨日訊いたときには、はぐらかされてしまったので、答えは期待していなかった。

「公香は、はずみで踏み外してしまったんだ……」

しばらくの沈黙のあと、山縣がポツリと言った。

「どういうことですか？」

「公香は、ある政治家の愛人の娘だったんだ」

「そうだったんですか」

志乃は、公香の意外な家庭環境に驚きはしたが、スケッチブックに目を向けたまま、できるだけ無感情に答えた。

――過去がどうあれ、公香は公香だ。

「その政治家は、次期首相も噂《うわさ》される男でね、家族仲がいいことをアピール材料にしていたんだ。テレビにもよく取上げられていた。彼は、自分の家庭を例に、教育問題を熱く語っていた」

「矛盾してます」

志乃は、思わず口にしていた。

山縣が悪いわけではないのに、つい非難するような口調になってしまう。

「そう。公香から見れば、実の父親が言っている言葉は、矛盾に満ちていた。多感で真面目だった公香の中で、何かが狂い始めたんだ……」

「そうだったんですか……」

志乃には、それしか言うことができなかった。

その先、何と言っていいかも分からず、ただスケッチブックに向かって鉛筆を走らせた。

公香もまた、恭子と同じように、思春期に親の勝手で辛《つら》い経験をした。その気持ちが分かるからこそ、無鉄砲な行動までとったのだろう。

志乃は、そんなことを考えながらも、どうにか被害者の似顔絵を描き終え、鉛筆を置いた。

「これは……」

志乃の絵を覗《のぞ》き込んだ山縣が、喘《あえ》ぐように言う。

その表情が、みるみる険しいものに変わっていくのが分かった。

――この反応。

「もしかして、知っている人なんですか？」

志乃は山縣に目を向けた。

山縣は、深いため息を吐《つ》きながら頷《うなず》いた。

「ああ。名前は、久保《くぼ》淳二《じゅんじ》。私の同僚だった男だ」

力無く山縣が言った。

――そんな。

落胆して肩を落とした志乃だったが、すぐに顔を上げた。

考え方を変えれば、被害者が知り合いだったというのは、それほど悲観することではない。

今まで、被害者を特定するのに時間がかかり、救えなかったことが多々あった。だが今回は、被害者が分かっている。

すぐに動けば、間に合うかも知れない。

「柴崎に確認を取ってみる」

山縣も同じ考えだったようで、腹に力を入れるように、ふっと息を吐いてから言った。

「あの……」

志乃は、今にも出て行こうとする山縣を呼び止めた。

「なんだ？」

「あたし、今回は加害者の顔も見てるんです」

六

――内通者のあぶり出しをしてくれ。

署長の伊沢から、そう指示されたが、柴崎は従うつもりはなかった。

確かに、柴崎はこれまでにも内通者のあぶり出しをしたことがあるが、やろうと思ってやったわけではない。

通常通り捜査をした結果として、そうなってしまっただけだ。

――騙《だま》され易《やす》い質《たち》なのかもしれない。

柴崎は自嘲《じちょう》気味に笑ってから、組織犯罪対策課がある部屋に入り、窓際《まどぎわ》にある自分の席に座った。

「柴崎さん」

柴崎が煙草《たばこ》に火を点《つ》けたところで、松尾が駆け寄って来た。

「どうした？」

「依頼されていたナンバーの件です」

柴崎は、松尾が差し出す資料を受け取ったところで思い出した。

昨晩、山縣から車のナンバーを調べるように頼まれ、それを松尾に任せていた。

「助かる」

「これは、何の調査ですか？」

松尾が、怪訝《けげん》な表情を浮べたまま、そこに立っている。

「どういう意味だ？」

「車は、城地雄大《ゆうだい》という男のものでした」

「どういう男だ？」

柴崎は、眉《まゆ》をひそめながら訊《たず》ねる。

「現在はネット通販で、健康食品やサプリメントを販売する会社を経営していますが、三年前に詐欺《さぎ》で逮捕歴があります」

「ネット通販か……」

柴崎は、呟《つぶや》くように言った。

「今回の亡霊の件と、何か関係があるんですか？」

「いや、そうじゃない」

山縣たちのことを話すわけにもいかない。柴崎は、松尾の質問をすぐに否定した。

「では、調べた理由は何ですか？」

納得できないのだろう。松尾はなおも食い下がる。

「ちょっと気になることがあるんだ」

曖昧《あいまい》に誤魔化そうとしたが、松尾には通用しなかった。

「その、気になることとは何ですか？」

「今は言えない」

「なぜ、言ってくれないんですか？」

松尾の口調は、次第に熱を帯びていく。

今までにも柴崎は、何度となく松尾を始めとする部下に告げることなく、単独行動をしてきた。

いつの間にか、柴崎はそれを当たり前にしてきたが、配下の松尾たちは、それに対して不審を抱いていたのだろう。

――こういうところで人望をなくすのかもしれない。

柴崎が、答えに窮したところで、タイミングよく携帯電話が鳴った。

表示されたのは、山縣の番号だった。

「また、後で話そう」

柴崎は、一方的に会話の終了を宣言すると、資料を手に足早に廊下に出る。

〈大至急、確認して欲しいことがある〉

電話に出るなり、山縣が言った。

いつもは気怠《けだる》さをともなう山縣の声だが、今は、はっきりとそこに緊張の色が窺《うかが》える。

柴崎は、辺りに視線を走らせながら、真《ま》っ直《す》ぐ廊下を歩き、階段の踊り場のあたりまで移動する。

「何事です？」

〈志乃が、人の死を予見した〉

「彼女が……」

柴崎の脳裏に、一人の少女の顔が浮かぶ。

人形のように整った顔立ちをしているが、その目は、どこか憂《うれ》いに満ちている。

信じられない話だが、彼女は夢で人の死を予見する。その的中率は、ほぼ百パーセントといって間違いない。

柴崎自身、この一年で二度にわたり、彼女の能力を目の当《ま》たりにしてきた。

〈名前は、久保淳二。かつて、防犯部で私の同僚だった男だ〉

山縣が、早口に名前を言う。

「久保……ですか……」

〈まだ、在職中であれば、すぐに見つけられるはずだ。確認のために、志乃の描いた絵をFAXする〉

「お願いします」

〈確認が取れたら、連絡が欲しい。私が直接会いに行く〉

「分かりました」

柴崎は、山縣の申し出にすぐ同意した。

久保を見つけられたとしても、どう説明していいのか分からない。自分のような初対面の人間が、「あなたは、死にます」などと言っても、信じてもらえるはずがない。

〈それと、車のナンバーの件はどうだった？〉

「車の持ち主は、城地という男で、ネット通販の会社の社長のようです」

〈何を考えている……〉

山縣は、ぼやくように言った。

それは、柴崎も気になるところだが、今はゆっくり考えている余裕はない。

「では、確認が取れたら連絡します」

電話を切ろうとしたが、山縣が呼び止めた。

〈もう一つ。妙なことを訊いていいか？〉

「何です？」

しばらくの間があった。

そのわずかな時間が、柴崎の胸の中に嫌な予感となって広がっていく。

〈昨夜の救急車での殺人事件。あれは、黒木京介の仕業か？〉

「なぜ、それを……」

柴崎は、困惑していた。

救急車で遺体が発見されたことはすでに公《おおやけ》になっているが、詳細が判明していないことから、黒木京介のことは伏せられていた。

〈やはり、そうか……〉

山縣は、落胆したように長いため息を吐いた。

――この反応、もしかして。

柴崎の中で、一つの推測が浮上した。

「久保を殺害するのが、黒木ということですか……」

〈そうだ〉

山縣が、掠《かす》れた声で答えた。

「脱獄した人間が、なぜ刑事を……」

〈おそらく復讐《ふくしゅう》だよ〉

山縣の呟くような一言が、ドスンと音を立てて柴崎の胸にのしかかってきた。

――黒木は、復讐するために、脱獄したのか？

ふと顔を上げた柴崎は、思いがけず松尾と目が合った。少し離れたところから、じっとこちらを見ていた。

どこまで聞いていた？　質問されたら、どう答えるべきか？

考えを巡らせる柴崎の心情を知ってか知らずか、松尾はくるりと背中を向けて、廊下を歩き去って行った。

——まさか。

柴崎の中に、一つの疑念が生まれたが、それを認めたくはなかった。

七

真田は、公園脇《わき》に停めたバイクにまたがり、時間が過ぎるのを待っていた。

昨日と同じ、学校の裏手にある公園だ。

「こんなことなら、スケボー持ってくりゃ良かった」

ぼやいてみたものの、あとの祭り。

公香は、学校の正門近くで監視を続けている。

警備の厳しい私立のお嬢様学校では、男が正門前をうろうろしたら、すぐに通報されてしまう。

「そっちはどうだ？」

真田は、無線を使って公香に呼びかける。

〈相変わらず〉

すぐに公香から返答があった。

声の調子は、思いの外明るかった。さっき、バイクで妙な話をしてしまったので、気にはなっていたが、さすがに立ち直りも早いようだ。

「それで、確認は取れたのか？」

〈ええ。さっき、父親の代理を名乗って学校に電話してみたの。ちゃんと登校してるって〉

「とりあえずは、一安心ってわけだ」

〈まだ分からないわよ〉

公香の口調が、急に固くなった。

「学校にいれば平気だろ」

〈そうかしら。昨日の連中、たまたま恭子ちゃんと知り合って、たまたまハウススタジオまで用意して、たまたま違法薬物を勧めたなんて、本気で思ってるわけじゃないでしょ〉

公香が、たまたまを強調しながら言った。

「何か裏があるってか？」

〈何にも裏がなくて、大人が四人がかりって、おかしくない？〉

「確かに」

真田も、そこについては納得できる。それも、明らかに堅気じゃない。

女子中学生一人に、四人の大人。それも、武井という男に喰らった強烈な膝蹴《ひざげ》り——。

それを思い返すと、顎《あご》が痛んだ。

〈とにかく、気を抜かないでよ〉

「分かってるよ。それより、山縣さんの言ってた助っ人《すけっと》って誰のことだ?」

真田は、大きく伸びをしながら訊《き》いてみた。

〈多分、柴崎さんじゃない〉

「頼りない助っ人だな」

〈よく言うわよ。何回助けてもらったと思ってんの?〉

「頼んだ覚えはないね。だいたい……」

真田は、言いかけた言葉を呑《の》み込んだ。

白いベンツが、徐行しながら横を通り過ぎ、少し先にある交差点のところで停車した。

ナンバーにも、運転席の男にも見覚えがあった。

〈ちょっと、真田。聞いてんの?〉

「すぐに山縣さんに連絡をとってくれ」

真田はバイクを降り、白いベンツに歩み寄りながら言う。

〈どうしたの?〉

何かを感じたらしい公香が、早口に言う。

「昨日のベンツを見つけた。公園の近くで張り込み中ってとこだ」

〈分かった。山縣さんから指示があるまで、余計なことしないでよ〉

「時と場合による」

真田は、顔がバレないように足許《あしもと》に視線を落としたまま、白いベンツとの距離を詰めていく。

山縣からの指示を待つ気はなかった。昨日の借りもあるし、挨拶《あいさつ》だけでもしておく必要がある。

幸い気づかれることなく、白いベンツの脇まで足を運ぶことができた。

ちらっと視線を上げ、運転席の男を確認する。

——間違いない。

昨日、車に恭子を乗せた男、城地だ。

車に備え付けの小型液晶テレビで、放置された救急車から発見された遺体のニュースを、かじりつくように見ている。

真田の存在には気づいていない。もし、城地が恭子を張り込んでいるのだとしたら、とんだ役立たずだ。

真田は、呆《あき》れながらも、運転席の窓をノックした。

ようやくテレビから視線を外した城地は、何事かと運転席のウィンドウを開ける。

「昨日はどうも」

真田は、開いた窓の中に身体《からだ》を入れ、城地の胸ぐらを摑《つか》んだ。

城地が、ゾンビにでも会ったように、ぎょっとした顔をする。

「て、て、てめぇ！」

凄《すご》んでみたつもりだろうが、あまりのことに動揺して、呂律《ろれつ》が回らず、声も上ずっていた。

「あんたには、いろいろ訊きたいことがある」

「このガキが！」

「あんた、なんであの娘《こ》を……」

質問を終えないうちに、城地は車をスタートさせた。

いきなり車が走り出したことで、真田の手が城地から離れた。だが、すぐに窓枠を摑み直す。

「てめぇ！　いきなり何すんだよ！」

叫ぶ真田を無視して、城地は車をUターンさせる。

真田は、必死に窓枠を摑み、振り切られまいとする。

――ここで逃がしてたまるか！

「停めろ！　バカ野郎！」

車のドアを蹴ったが、Uターンを終えた城地は、アクセルを踏んで車を加速させる。

――ヤバイ。振り落とされる。

真田は、窓枠にしがみついたが、その判断は間違いだった。

足がもつれ、ズルズルと車に引《ひ》き摺《ず》られる。

「てめぇ！」

真田は、必死に叫ぶ。

だが、城地は額に汗を滲《にじ》ませ、さらにアクセルを踏み込む。

車は一気に加速し、真田はついていけずに、思わず手を離した。

勢いあまって、アスファルトの上をゴロゴロと転がる。

「くっそー！」

足の痛みを堪《こら》えて立ち上がった真田は、白いベンツのテールランプに目を向けながら、腹の底から叫んだ。

——あの野郎。絶対に許さない。

悔しさで唇を嚙《か》んだ真田の視界に、停めておいたバイクが入った。

ここで振り落とされたのは、不幸中の幸い。

真田はすぐにヘルメットを被《かぶ》ると、バイクにまたがり、スロットルをひねって一気に加速した——。

「逃がすかよ!」

八

「真田が、昨日の男を見つけたみたい」

山縣に電話を入れた公香は、挨拶もそこそこに早口で用件だけ伝えた。

〈それで、真田は?〉

公香に反して、山縣は落ち着いた口調だった。

口には出さないが「慌《あわ》てるな」と言われているようだ。公香は、ふっと肩の力を抜いた。

「たぶんあいつのことだから、追いかけたんだと思う」

予想外の出来事が起きたとき、尻込《しりご》みするのが普通だが、真田は水を得た魚のように活《い》き活《い》きとする。

自ら望んで危険な状況を創《つく》り上げているように思えることがある。

〈まったく……〉

山縣が、呆れたように言う。

公香も同感だった。だが、昨日は自分が同じことをしたと思うと、真田を責める言葉は見つからない。

今は、真田を非難するより、この先の対応を考えるのが先決だ。

「どうするの？」

〈公香は、桜田恭子の監視を継続してくれ〉

「真田は？」

〈こっちから電話してみる〉

「出るかしら？」

〈出なければ捜し当てるまでだ〉

この状況において、山縣の判断は正しいと思う。だが——。

「どうやって？」

無線の電波を追えば、見つけられないこともないが、真田や公香が持っている無線機は、ハンディタイプのもので、電波はせいぜい二キロくらいが限界だ。

その円の外に出てしまったら、見つけようがない。

〈志乃が、お前らの携帯電話に、ＧＰＳの発信器を付けているんだ。知らなかったか？〉

初耳だった。準備がいいというか、何というか――。

「さすが志乃ちゃんね」

〈そういうことだ。とにかく、後を頼む〉

「了解」

電話を切ろうとしたが、山縣が呼び止める。

受話口から漏れる息遣いが、いつもより緊張している。

「何？」

公香は、何も言わない山縣に先を促す。

〈……昨日、いたのは四人だった〉

「ええ」

〈桜田恭子は、個人にではなく、特定の組織に狙《ねら》われていると考えるのが妥当だ〉

説明は、それだけで充分だった。

組織ぐるみで動いているのなら、真田が見た白いベンツの他に、別働隊がいると考えた方がいい。

「了解」

〈気をつけろよ〉

山縣は、厳しい口調で言うと電話を切った。

携帯電話をジーンズのポケットにしまった公香は、心がざわざわと揺れるのを感じた。

――山縣は、本当は違うことを言おうとしたのではないか？

九

「見つけた」

フルスロットルでバイクを走らせていた真田は、なんとか白いベンツを視界に捉《とら》えることができた。

脇道《わきみち》から甲州街道に入ろうと、一時停止しているところだった。

必ず大通りに出るという読みが、的中したようだ。

城地も、追跡してくる真田の存在に気づいたらしく、急にアクセルを吹かし、強引に甲州街道に進入していく。

周囲の車が、激しくクラクションを鳴らすが、それを無視して速度を上げる。

「逃がすかよ」

スピードを上げたまま甲州街道に入り、白いベンツを追跡する。

真田の乗るマジェスティは、一二五CC。高速道路のような場所でベンツと競走しても、まず勝ち目はない。

だが、ここは都心の一般道だ。

昼前の時間ということもあり、車はまばらだが、信号もある。そういう場所では、小回りの利《き》くバイクは抜群の機動力を発揮する。

だからこそ、敢《あ》えてバイクを愛用している。

真田は、間を抜けるように車を二台、三台とかわし、白いベンツにピッタリとつけた。

「逃げられねぇぞ」

城地の乗るベンツは、真田を引き離そうと速度を上げるものの、すぐ前を走っているトラックが邪魔して思うようにいかない。

追い越しをかけるにしても、隣の車線でも車は走っている。

信号が赤に変わり、ベンツが停車した。

真田は、ベンツのテールにタイヤをぶつけるように停車すると、思いっきりバンパーを蹴《け》った。

運転席の城地が、ぎょっとして振り返る。

「逃がさねぇって言ってんだろ！」

真田は右手の中指を立てる。

だが、その行為が、城地の思わぬ行動を引き出すことになった。

信号が赤なのにもかかわらず、城地はアクセルを踏んで車をスタートさせた。

隣の車線に停車している軽自動車に車体をこすりながらも、強引に前のトラックを追い抜き、交差点に進入していく。

「冗談だろ」

真田は、すぐにそのあとを追って走り出す。

信号無視をして突進する白いベンツに、一斉にクラクションが鳴らされ、急ブレーキの音が響き渡る。

一瞬にして、交差点は戦場のような騒ぎになる。

ベンツはギリギリのところで車をかわし、中央分離帯にフロントバンパーをこすりながらも、走り抜けていく。

「あの野郎」

真田もスロットルをひねり、速度を上げて交差点に進入する。

「あっ！」

叫んだときには遅かった。

次の瞬間、もの凄い衝撃とともに、真田の身体が宙を舞い、赤い軽自動車のフロントガラスに落下した。

背中に、叩《たた》きつけられるような衝撃が走る。

左足が燃えるように熱かった。

「くっそ……」

真田は、痛みを堪えながら、どうにか身体を起こした。

ジーンズの膝《ひざ》の部分が破れ、そこから血が流れ出している。

「大丈夫ですか？」

声をかけられたが、息が詰まり、思うように声が出ない。

アスファルトに滑り落ちた真田は、顔を上げたが、そこにはもう白いベンツの姿はなかった。

——逃げられた。

ヘルメットを脱ぎ捨て、アスファルトに大の字に寝転んだところで、携帯電話に着信があった。

事故ったあとは、決まって山縣から連絡がある。

「もしもし」

〈今、どこにいる？〉

案の定、山縣からだった。

「交差点の真ん中で、寝転んでるよ」

〈なに？〉

さすがの山縣も、今の返しには面喰らったらしく、素《す》っ頓狂《とんきょう》な声が返ってきた。

遠くから救急車のサイレンの音が聞こえてきた。

「ちょっとトラブルがあってね」

〈状況は？〉

真田は身体《からだ》を起こしながら、視線を走らせバイクを探した。

――あった。

中央分離帯に激突し、フロントカウルが粉々に砕け、ハンドルのフレームがあらぬ方向に曲がっていた。

エンジンのあたりから、白い煙が立ち上っている。

「ターゲット、ロスト。バイク大破。俺ズタボロ」

〈また壊したのか……〉

受話口の向こうから、山縣の長いため息が聞こえた。

十

「真田君は？」

志乃は、山縣が電話を終えるのを待って声をかけた。

電話をしている最中の山縣の表情は、雲がかかったように暗かった。

――何かあったのでは？

こういうときは、決まって嫌な想像だけが膨らんでいく。

バクバクと音を立てて心臓が脈動する。志乃は、右手を固く握り、自分の胸に押し当てた。

「とりあえずは無事だ」

山縣は、志乃を安心させるためか、意識的に笑顔を作っているようだった。

「良かった……」

「またバイクをお釈迦《しゃか》にしたようだがな」

山縣が、苛立《いらだ》たしげに髪をかきむしった。

「お釈迦って……」

「追跡中に事故を起こしたんだ。次から真田は自転車だな」

山縣が冗談めかして言う。

その感じからして、命にかかわるようなケガは負っていないようだ。

「まったく。真田の子守をしてると心臓に悪い」

山縣は、わざと左胸をさすってみせた。

それは志乃も同感だった。いつもやきもきしていないといけない。まるで、ジェットコースターに乗っているようだ。

一息吐《つ》いたところで、山縣の携帯電話に着信があった。

「もしもし」

山縣は、壁に寄りかかるようにして話を始めた。

志乃は胸を撫《な》で下ろした。

できれば、真田にはもう少し慎重になって欲しいのだが、彼は言っても素直に聞くタイプではない。

自分の信念に従って、そこにどんな障害があろうと突き進む。

現に、志乃もそんな真田の行動に助けられてきた。彼がいなければ、今の志乃は存在しない。

「連絡が取れた」

志乃の思考を遮るように山縣が言った。

「え？」

違うことを考えていたので、何のことか分からずに訊《き》き返した。

「志乃が死を予見した、久保淳二と連絡が取れた。今から、柴崎と会いに行ってくる」

「真田君は？」

志乃は、食いつくようにして山縣に訊《たず》ねる。

「志乃が真田を想《おも》う気持ちは分かるが、冷静になれ」

山縣に思わぬことを指摘され、一気に血圧が上昇し、耳まで真っ赤になる。すぐに否定できないのがつらいところだ。

「あたしは……」

志乃は口ごもった。

「久保に警告する方が先だ。それは、分かるだろ」

山縣に窘《たしな》めるように言われ、余計に恥ずかしさが増す。

「はい」

志乃は、動かぬ自分の足に視線を落としながら返事をした。

現段階では、真田のケガの心配より、志乃が夢で死を予見した久保に警告をし、何らかの対策を練る方が先だ。

感情に流され、そんな当たり前のことを忘れるようでは、人の命を救うことなどできない。

「大丈夫だ。何も真田を放っておくわけじゃない」

山縣が、表情を緩めて志乃の肩に触れた。

「え？」

「バイクショップの河合君を覚えてるか？」

「あ、はい」

志乃は頷《うなず》いた。

はっきりと顔を覚えているわけではないが、前回の事件のとき、バイクの代車を手配してくれた人だ。

いかにも、元暴走族といった風体の男で、かつて山縣に世話になったようなことを言っていた。

「真田のことは、彼に頼んでおく」

志乃は、ほっと胸を撫で下ろした。

ちゃんと先のことを考えながら判断している。さすが山縣といったところだ。

だが、もう一つ気になることがある。

「公香さんは？」

張り込みや尾行を一人でやるだけでもかなり大変なのに、今、自分たちに求められているのは身辺警護だ。

公香は他の女性と比べて機転も利くし、そこらの男なら打ち負かすほどの腕っ節を持ってはいる。だが、山縣が電話で言っていた通り、相手は複数いる可能性が高い。

そうなると、やはり公香だけでは無理があるように思う。

「それに関しては、志乃に頼みたい」

山縣が、志乃の肩に置いた手に、ぐっと力を込める。

「あたしに？」

「そうだ。公香と合流して、桜田恭子の身辺警護を継続してくれ」

「でも、あたしは……」

足が不自由で、車椅子《くるまいす》がなければ動くこともままならない。そんな自分が、どうやって身辺警護に協力するのか？

何か起きても、対応するどころか、足手まといになるのは目に見えている。

「そう固くなるな。公香と合流して、いつものようにバックアップをしてくれればいい」

山縣が、志乃の不安を先読みしたように言う。

「あたしは……」

志乃は、言いかけた言葉を呑《の》み込んだ。

公香と合流しようにも、志乃は車の免許を持っていない。電車などの公共の交通機関を使ったとしても、かなりの時間がかかってしまう。それが分からない山縣ではないはずだ。

志乃が困惑している間に、インターホンが鳴った。

「来たようだ」

山縣がニコリと笑い、目でついて来いと合図して、そのまま玄関に向かった。

志乃は、事情が呑み込めないまま、車椅子のハンドリムを動かし、山縣の背中を追いかけた。

山縣が玄関を開けると、一人の男が立っていた。

志乃は、その顔を見て、驚きと懐《なつ》かしさで目を丸くする。

彼が、山縣の言っていた助《すけ》っ人《と》――。

十一

柴崎は、国道二四六号沿いにある、高層ホテルのラウンジにいた。

渋谷の西側にあり、渋谷署からもかなり近い。

「なんか、妙な感じですね」

柴崎は、向かいに座る山縣にポツリと言った。

素直な感想だった。元警視庁の刑事で、現在は探偵の山縣と、渋谷署の警部である久保を待っている。

奇妙な取り合わせだと言わざるを得ない。

「巻き込んでしまってすまない」

山縣は、珈琲《コーヒー》を口に運びながら言った。

「いいんです。山縣さんの言うように、今回の件はつながっていると思います。前回のときもそうでしたが、彼女の見た夢から事件を解決に導くことができたんです。それに、救えた命もあります」

その言葉に嘘《うそ》はない。

署長から、内通者のあぶり出しを指示されているが、それより山縣と行動をともにする方が、事件解決への近道になると柴崎は考えていた。

だが、署を出る口実を作るのに、苦労したのも事実である。

松尾などは、事情も告げずに単独行動をする上司に対して、露骨に嫌な顔をした。

きちんと説明すればいいのだが、柴崎には、山縣や志乃を含めた複雑な事情を、的確に説明する自信はない。

だから黙って行動する。そうやって、人望をなくしていく。

柴崎が自嘲《じちょう》気味に笑ったところで、ラウンジに入って来る男の姿が見えた。顔の凹凸が少なく、のっぺりとした顔立ちだが、しなやかな身のこなし、一分の隙《すき》もなく走らせる視線が、只者《ただもの》でないことの裏付けになっている。

「久保警部」

柴崎が声をかけると、久保は一つ頷いてから歩み寄って来る。

「久しぶりだな」

山縣が、ゆっくりと立ち上がり、はにかんだような笑みを浮べながら言った。さっきまで引き締まった表情をしていた久保が、途端に破顔し、山縣の肩を叩《たた》いた。

「山縣。お前まで」

「私が柴崎に頼んで、君を呼び出してもらったんだ」

「そうか。今は、どうしてる？」

「こぢんまりと探偵事務所をやってるよ」

「探偵？　お前が？」

久保は、目を丸くして驚いたあと、ラウンジ全体に響き渡るような大声で笑った。

「あいかわらず豪快なやつだな」

山縣は、呆《あき》れたように言ったあと、久保に座るように促した。

久保と柴崎が並んで座り、その向かいに山縣というかたちになった。

「二人は面識が？」

久保は、柴崎と山縣の顔を交互に見ながら言う。

「ああ。久保が抜けたあと、私の下についたのが、柴崎だったんだ」

山縣が説明を加える。

「山縣の下か……そりゃ、大変だったろう」

「いや、いろいろ勉強になりました」

柴崎は、曖昧《あいまい》に答える。

「まさか、緊急の用件というのは同窓会なわけじゃないだろ」

久保が真顔に戻り、改まった口調で言った。

「緊急で開かれる同窓会など、聞いたことがないだろ」

山縣は、両手で顔をこすったあとに、ふっと顔を上げた。

重そうな瞼《まぶた》の下にある眼光は、警察時代に鬼の山縣と怖《おそ》れられたときと同じ、鋭いものだった。

「それもそうだな」

その空気を読み取ったらしい久保が、表情を引き締める。

「実は、ある筋から、お前の命にかかわる情報を摑《つか》んだ」

「そりゃ、穏やかじゃないな」

久保は、煙草《たばこ》を取り出し火を点《つ》けた。

「ああ。本当に、穏やかじゃない事態が起きている」

「なんだ?」

「黒木が、脱獄した」

久保は、一瞬だけ驚いた表情をしたが、ゆっくりした動作で煙草を吸い、肩の力を抜いてリラックスする。

「聞いてる」

久保が、短く答える。

「おそらく、彼は我々を狙《ねら》ってくる」

山縣の言葉を受け、久保が呆れたように首を左右に振った。

「向こうは脱獄犯だ」

「分かってる」

「だったら、復讐《ふくしゅう》などしている場合じゃないことは、お前にも分かるだろ」

久保は、諭すような口調だった。

確かに、久保の言うことには一理ある。おそらく、黒木は今日中には全国に指名手配されるだろう。

そんな犯罪者が、東京に留まり、現役警察官の命を狙う。それは自殺行為に等しい。

だが、黒木が久保を狙うのは事実だ。それは、志乃の夢が証明している。

「いや、黒木は、お前の命を狙う」

山縣は一歩も退《ひ》くことなく、久保の目を見据えながら言った。

十二

公香は、喫茶店の窓際《まどぎわ》の席に座り、じっと外に目を向けていた。

この場所からだと、ちょうど学校の正門が見える。

だが、正門から出て来てくれるとは限らない。裏口は真田が固める予定だったが、昨日の連中を追いかけて持ち場を離れてしまった。

状況判断が難しい。やはり、一人での張り込みには無理がある。

苛立《いらだ》ちをかみ殺すように、三杯目の珈琲を飲んだところで、携帯電話に着信があった。

志乃からだった――。
「もしもし」
〈すみません。遅れました〉
「今、どこ？」
〈もうすぐ、学校の裏口に回るところです〉
志乃の言葉を聞き、公香の苛立ちが少しだけ和らいだ。
足が不自由なだけでなく、お嬢様育ちの志乃が、探偵という泥臭い仕事に馴染《なじ》める
のか？　最初、公香はそのことが気がかりだった。
だが、その心配をよそに、志乃はめきめきと力をつけ、情報収集や分析に関しては、
山縣に引けをとらない。
状況判断においても、なかなかのものだ。ただ、真田のことがからむと、熱くなる
のが玉に瑕《きず》――。
「それで、真田はどうなったの？」
〈それが……〉
急に、志乃の声が沈んだ。
それだけで、何が起きたのかだいたいの想像はつく。

「あのバカ」

公香は、舌打ち混じりに罵《ののし》った。

昨日のように、真田の無鉄砲な行動に助けられることも多いが、その反面、窮地に立たされることもしばしば。

まさに、〈ファミリー調査サービス〉の諸刃《もろは》の剣だ。

〈真田君は、とりあえずは無事なようです〉

「いっそ、死んじゃえば良かったのに」

〈そんな……〉

冗談めかして言ったつもりだったが、志乃はそれを真剣に受け止めたらしく、今にも泣き出しそうな声を出す。

真田のことになると、冗談も通じなくなるようだ。

「本気で言ってないわよ。ただ、それくらい頭を冷やして欲しいってこと」

〈そうですね……〉

「帰ったら、私からガツンと言ってやるわ。志乃ちゃんを泣かすなって」

〈別にあたしは……〉

志乃がムキになって反論する。

——自分も、こんな風に素直に感情を表現できたら。

公香は、ふとそんなことを思った。

〈あの、無線でやりとりしたいんですが〉

志乃が話題を変える。

「そうしましょ」

いったん電話を切った公香は、無線機にインカムをつなぎ、志乃の指示通りにチャンネルを合わせてスタンバイする。

〈……聞こえますか？〉

インカムから志乃の声が聞こえて来る。

「ＯＫ。聞こえるわよ」

〈今、学校が終ったみたいです〉

志乃が言う。

おそらく、双眼鏡を使い、学校の窓を通して中の様子を覗《のぞ》き見ていたのだろう。

「私も店を出るわ」

公香は席を立ち、会計を済ませると、店の外に出た。

ちょうど、制服姿の生徒たちが、次々と正門から出て来るところだった。

公香はそのまま喫茶店の前に立ち、しきりに腕時計を気にする素振りで、いかにも人待ちをしているように見せかけながら、恭子が現れるのを待った。

しばらくして、俯《うつむ》き加減の恭子が正門から出て来るのが視界に入った。

「ターゲット発見」

公香が呟《つぶや》くように言うと、すぐに志乃から返答があった。

〈了解です〉

「私はこのまま追跡する」

〈あたしたちは、バックアップに回ります〉

「頼むわよ」

公香は歩調を速め、恭子の背中を追いかけた。

すぐに追いついたが、声をかけることは控え、一定の距離を保ちながら後ろを歩く。

今朝、何の挨拶《あいさつ》もなく出て行ったのだから、公香たちのことを快く思っていないのは確かだ。

ヘタに声をかけ、騒がれたりしたら、面倒なことになる。どこか落ち着いたところで声をかけ、事務所に連れ帰る必要がある。

恭子は、公香の存在に気づくことなく、黙々と歩いていた。

その小さな背中を見ていて、ふと疑問が浮かんだ。

――なぜ、恭子は一人で帰っているのだろう？

周囲の生徒たちは、みな誰かと談笑したりしているのに、恭子だけ一人で黙々と歩いている。

相談できるような親しい友人がいないのかもしれない。

やがて恭子は甲州街道沿いにある地下の駅へと続く階段を下りて行く。

「地下に入るわ。無線、途切れるかも」

公香はインカムに向かって用件だけ伝えると、あとに続いて階段を下りる。

恭子が、改札に入ろうとしている。

公香は、それを遮るように恭子の前に立った。

「こんにちは」

驚くかと思ったが、恭子は無表情に公香の言葉を受け止めた。

「もう、いい加減にしてください」

恭子が、突き放すように言う。

「そうはいかないわ。あなたは、狙われてるの」

「あなたたちにね」

敵意剝《む》き出しの恭子は、両手を突き出し公香を突き飛ばすと、脇《わき》をすり抜けるようにして、改札の中に入って行った。

公香は不意打ちを喰らったかっこうになり、尻餅《しりもち》をつく。

「まったく、世話が焼ける」

公香は、ぼやきながらも、恭子を追って改札を抜ける。

タイミング良く電車が来ていたりしたら、見失ってしまう。だが、それは杞憂《きゆう》に終った。

階段を駆け下りた公香は、すぐに恭子の姿を見つけることができた。

ホームの階段のすぐ脇に、俯き加減に立っていた。

その背中は微《かす》かに震え、泣きたい気持ちを必死に堪《こら》えているようだった。

「どこに行くつもりだったの？」

公香は、できるだけ柔らかい口調を意識して、恭子の背中に呼びかける。

「家……」

さっき公香を突き飛ばしたときの勢いはなく、か細い声だった。

——やっぱり似ている。

公香は、恭子の背中を見ながら、そう思った。

「そっか」

「なんで？」

「え？」

「なんで、パパじゃなくて、あなたなの？」

表情は見えないが、恭子が目にいっぱい涙をためているのが、その声から伝わってきた。あるいは、もう泣いているのかもしれない。

その顔を見るのは卑怯《ひきょう》な気がして、公香は視線を足許《あしもと》に落とした。

「ねえ、なんで？」

恭子が、もう一度繰返す。

昨日、恭子がどういう目にあったのか、山縣を通じて父親の晴敏には伝えてある。にもかかわらず、晴敏は娘を迎えに来るどころか、探偵に身辺警護込みで押しつけた。どんな事情があるにせよ、その選択が、いかに娘を傷つけるのか知ろうともしない――。

公香の脳裏に、実の父親の顔が浮かんだ。

週末だけ家にやってくる身勝手な男。そんな男のために、自分を押し殺して「私はこれでいいの」と健気《けなげ》に尽くす母親。

娘である公香は、それでは良くなかった。

ちゃんと父親として、自分を見て欲しかった。甘えたかったのかもしれない。

「家、帰ろうか」

公香は、後ろから恭子の両肩をそっと摑《つか》んだ。

「え？」

恭子が驚いたように顔を上げる。

「だから、家に帰って、あなたのお父さんに交渉するの」

「無駄よ」

「大丈夫。言うことききかなかったら、私がぶん殴ってあげる」

公香は、恭子をぐっと引き寄せるようにして抱きしめた。

十三

「まったく。やられたよ」

真田は二トントラックの助手席でぼやいた。

頭に血が上ると見境がなくなるのは自覚している。だが、今回はさすがに軽率だったと思う。

わざわざ気づかせたりせず、距離を取って尾行すれば、奴《やつ》らの所在を突き止めることができた。

公香のことを責められない。

「それは、こっちの台詞《せりふ》だ。ボケ」

ハンドルを握る河合が舌打ちをする。

河合は、バイクショップのオーナーで、山縣とは昔から付き合いがあり、前回の事件のときにバイクを手配してもらい、今回も事故の事後処理を手伝ってもらった。

年齢を訊《き》いたことはないが、おそらく三十代前半だろう。

昔は、どこかの暴走族の特攻隊長だったらしい。だが、今でも現役なのではないかと疑いたくなるほどの風体だ。

「仕方ねぇだろ」

「仕方なくねぇ。あのバイク、納品して何日だと思ってんだ?」

河合が、親指で後方を指す。

真田が振り返ると、トラックの荷台に積まれたバイクが見えた。見るからに再起不能だ。

――今までありがとう。

真田は心の中で手を合わせる。

納品されたのは――。

「十日」

「そう、たった十日。お前、目隠しで運転してんのか？」

「やったことはないけど、今度試してみる」

「バカか！　目を開けて運転して十日で事故るなら、目隠ししたらエンジンかけた瞬間に事故だよ！」

河合が、興奮気味にまくしたてる。

男のヒステリーは見苦しい。

「自分で言ったんじゃんか」

「うるせぇ！　次壊したら、二度と手配しねぇからな！」

怒鳴る河合に反して、真田は「おっ」と身体《からだ》を起こす。

「今何て？」

「次壊したら、二度と手配しないって言ったんだよ」

「ってことは、あるの？」

「何が？」

「次のバイク」

真田の言葉に、河合がため息を吐《つ》いた。

「用意してやってもいいけど、その……なんだ……条件っつうか……」

河合がモゾモゾと口を動かしながら言う。

暴走族上がりのわりに、はっきりしない。

「なんだよ」

「お前んとこにいる公香さんなんだけど……」

その先は、言われなくても、河合の表情からなんとなく察しがついた。

河合は、年甲斐《としがい》もなく耳まで真っ赤にしている。

どうやら公香に惚《ほ》れているらしい。

「分かった、分かった。今度、セッティングしてやるよ」

「悪いな」

河合が照れたように笑った。だが、真田には分からない。

「公香のどこがいいんだ？」

確かに公香は美人ではあるが、気性は荒いし、かなりの頑固者だ。それに、いつも真田を子ども扱いする。

　付き合ったら、尻に敷かれるのが目に見えている。

「お前はまだ子どもだから分からねぇんだよ。公香さんの、繊細で美しい心が」

　河合がニヤニヤと笑う。

「そういうもんかね……」

　真田は大きく伸びをした。

「そういうもんだ。着いたぜ」

　河合が言った。

　トラックは、河合がオーナーを務めるバイクショップの駐車場で停車する。

「で、俺のバイクは？」

　真田は、トラックを降りるなり河合に甘えるように言う。

「慌《あわ》てるな。荷台のバイクを降ろす方が先だ」

「へいへい」

「それと、まだ、お前のバイクじゃねぇ」

「分かったよ」

　真田は、ふて腐れながらも、河合と協力して渡し板をかけ、バイクを降ろす作業に取りかかった。

前輪のフレームが変形していて、真《ま》っ直《す》ぐ進まない状態だったことが災いして、思いの外時間がかかってしまった。

「そいつをガレージに持って来い」

河合は、バイクを降ろし終えるなり、一人だけ先にガレージに歩いて行ってしまう。

「人使いの荒いおっさんだ」

真田は歯を食いしばり、百キロ以上の重量があるバイクをガレージまで押していく。左膝《ひざ》をケガしていて思うように踏ん張ることができず、腕の力だけでバイクを押すことになった。

十メートル足らずの距離が、もの凄《すご》く長く感じられた。

ガレージの中にバイクを入れたときには、腕の筋肉がパンパンに膨らんでいた。

「もうバテたのか？　だらしねぇ」

河合が、姑《しゅうとめ》みたいな小言を言いながらも、真田にタオルを投げて寄越した。

「サンキュー」

真田がタオルで汗を拭《ぬぐ》っている間に、河合はガレージの隅に移動し、シートがかけてあるバイクの前に立った。

顎《あご》を使って、こっちに来いと合図している。

——もしかして。

真田は、タオルを首にかけて駆け寄った。

「いざ、ご開帳」

河合が、かけ声をかけながら、シートを引っ張った。

「ハーレーダビッドソン」

想定外の車体を前に、真田は時間が止まったように固まった。

ハーレーダビッドソンは、バイク乗りなら誰でも一度は乗りたいと思う、バイクの王様だ。その美しいフォルムは、芸術品と言っても過言ではない。

「どうだ、驚いたか」

河合が得意げに胸を張る。

悔しいが、河合が誇るだけのことはある。

「驚いたも何も……しかも、これＶＲＳＣＤじゃんか」

ＶＲＳＣＤは、ポルシェと共同開発されたレボリユーションエンジンを搭載している。

ハーレーの中でも異色の車体だ。

「これ、どうしたんだ?」

河合には申し訳ないが、こんな小さなバイクショップで埃《ほこり》を被《かぶ》ってる代物《しろもの》ではない。

「昔、自分用に手に入れたんだ」

「暴走族がハーレー?」

「バカ! 辞めたあとだよ!」

「もう、乗らないのか?」

「俺には、キリキリ過ぎて無理だよ。もう歳《とし》だしな」

河合が自嘲《じちょう》気味に笑った。

「乗っていいか?」

「今からは、お前のバイクだ。代金は山縣さんに請求しとくよ」

真田は、河合が言い終わる前に、ハーレーにまたがった。

座り心地が、他のバイクとは明らかに違う。重厚感のあるボディーが、身体にフィットするようだった。

――まさか、ハーレーに乗れるとは。

真田は、歓喜で叫び出したい気分だった。

至福の瞬間を邪魔するように、携帯電話が鳴る。表示されたのは、志乃の番号だった。

「もしもし」

　真田は、すぐに電話に出た。

〈思いの外、元気なのね〉

「当ったり前だ。俺は、不死身だからな」

〈心配してたのに〉

　志乃の声には、いつになく責めるような響きがあった。

　おそらく、志乃は、事故を起こしたことを心配してくれていたのだろう。

　ハーレーに舞い上がり過ぎて、少しはしゃぎ過ぎたようだ。

「悪い」

〈あんまり無茶はしないで〉

「分かってる」

　真田は素直に応じた。

　公香に同じことを言われたら、「余計なお世話だ」と返すのだが、志乃が相手だと、なぜかそういう軽口が叩《たた》けない。

　何が違うのか、真田自身分からなかった。

「それで、状況はどうだ？」

頭を切り換えて訊《たず》ねる。

〈実は、さっき公香さんからメールが入ったんです〉

「何だって？」

〈恭子さんと一緒に、彼女の自宅に行くって……〉

「何でそういうことになるんだよ」

真田は、つい咎《とが》めるような口調になってしまった。だが、志乃にそれを言っても仕方ない。

〈分かりません。とにかく、あたしたちは、公香さんと合流しようと思っています〉

確か、恭子の家は南青山だった。

今、真田がいるバイクショップは代々木だ。バイクでひとっ飛び。

「了解。俺も行く」

真田が電話を切ると、河合がキーを投げて寄越した。

「分かってると思うが……」

「事故るな――だろ」

真田は、河合の言葉をつないだ。

さすがに、河合自身の愛車を粗末に扱う訳にはいかない。

真田はヘルメットを被り、グローブを嵌《は》め、準備を整えると、キーを回した。

スタンドを上げて、エンジンをかける。

独特の低音域のエンジン音がガレージに響き渡り、シートを通して、腹を揺さぶるような震動が伝わって来る。

今までのバイクとは、明らかに違う独特の高揚感――。

「行くぜ」

真田は、スロットルを捻《ひね》り、ハーレーをスタートさせた。

十四

柴崎は、山縣が久保に事情を説明している間、じっと黙っていた。

ほとんど面識のない自分の説明を久保が信じるとは思えなかったし、上手《うま》く説明できる自信もなかった。

山縣は、長い時間をかけて、黒木が復讐《ふくしゅう》を目論《もくろ》んでいることを説明していたが、志乃の夢のことについては触れず、次のターゲットが久保である根拠は、確かな筋からの情報ということに留めた。

「山縣は、本気でそう考えているのか？」

それが、説明を聞き終えた久保の第一声だった。

柴崎はもどかしさを感じたものの、それが普通の反応だとも思う。

警察はその威信を賭《か》け、総動員で黒木を追っている。

そんな状況の中、逃亡もせずに、都内に留まり復讐を目論む。それは非現実的だ。

「久保も、あの男のことは知ってるだろ」

山縣が、真っ直ぐに久保を見つめる。

その視線を受け、久保は困ったように表情を歪《ゆが》めて腹をさすった。

「確かに執念深い男だ。だが、復讐する前に捕まるさ」

「本当にそうだろうか？」

山縣が、目を伏せた。

長い沈黙が流れる——。

「仮にその話が本当で、黒木が復讐を目論んでいるとして、どうするつもりだ？」

煙草《たばこ》に火を点《つ》けながら、久保が口を開いた。

「我々が、久保の警護につく」

「バカな」

山縣の提案を、久保が一笑に付した。

「山縣は元警察官かもしれんが、今は民間人だ。警察が民間人に警護してもらうなどという話は、聞いたことがない」

早口に言う久保の言葉には、怒りの感情が込められていた。

久保が怒るのも無理はない。柴崎が同じ立場なら、やはり怒っていた。だが、山縣は怒らせようとして言ったわけではないし、それが最善の策だと判断したのだ。

「拒否してもらって構わない。代わりに、しばらく署内に泊まり込んで欲しい。一歩も外に出るな」

山縣は、身を乗り出すようにして久保に訴えた。

敢《あ》えて大きな要求を突きつけ、それを拒否させ、代案を呑《の》ませる。交渉術の一つだ。最初から、山縣の狙《ねら》いはそこだったのだろう。

「分かった。俺も死にたくはない。黒木が捕まるまで、大人しくしてるよ」

しばらく考えたあと、久保が言った。

「私も久保には死んで欲しくない」

山縣はそう言って肩の力を抜き、ソファーに深く座り直した。

話に区切りがついたのを見計らったようなタイミングで、ウェイターが歩み寄って来た。

「こちらに、久保様はいらっしゃいますでしょうか?」

声を潜めながらウェイターが言う。

「私だ」

「お電話が入っております」

久保は、灰皿に吸いかけの煙草を押しつけ、「ちょっと失礼する」と席を立ち、ウェイターのあとについて行った。

柴崎は、久保がホテルのフロントで電話を取ったところまで確認し、ほっと息を吐《つ》き珈琲《コーヒー》を飲んだ。

冷め切った珈琲が胃に染《し》み渡っていく。

「まずは、第一段階クリアですね」

表情をゆるめた柴崎に反して、山縣の表情には一分の隙《すき》もなかった。

「黒木を捕まえないことには、状況は何も変わらない」

「そうですね」

柴崎は頷《うなず》いた。

「……今になって後悔しているよ」

山縣が、シャンデリアのぶら下がる高い天井を見上げ、ポツリと言った。

「え？」

「何でもない。こっちの話だ」

山縣は、柄にもなく照れ臭そうに笑うと、場を取り繕うように珈琲を飲んだ。

柴崎は、我慢していた煙草をくわえ、ライターの火をかざしたが、それを煙草に点けることなく動きを止めた。

――いない。

思わず立ち上がる。

「どうした？」

山縣も釣られて腰を上げる。

「久保警部がいません」

柴崎は煙草を投げ出すと、足早にフロントに向かった。

すぐに状況を察した山縣は、駆け足で柴崎を追い越し、フロントの係員を呼びつけた。

「さっきここで電話をしていた男は？」

「電話を終えたあと、お連れ様と思われる方と、地下の駐車場の方に……」

もの凄《すご》い剣幕の山縣に驚きつつも、係員は簡潔に説明する。

柴崎が呆然《ぼうぜん》としている間に、山縣は地下駐車場へと続く非常階段を目指して走り出していた。

柴崎も、すぐそのあとに続く。

――久保警部は、助けられない。

懸命に階段を駆け下りながらも、柴崎の心を、その思いが支配していた。

十五

公香は、青山一丁目の駅で地下鉄を降りた。

恭子は電車の中で一言も口をきかなかったが、逃げたり、公香を拒絶するようなことはなかった。

しぶしぶではあるが、一緒に家に行くことは了解してくれたようだ。

公香は、隣を歩く恭子に歩調を合わせ、地上に出る階段を上り、そのまま道なりに歩いていく。

恭子の家は、青山霊園を抜けた先にある。

「志乃ちゃん。聞こえる」

地上に出たところで、公香はインカムに向かって呼びかけた。

地下に入ったことで、一時的に電波が途切れてしまっていた。メールで行き先を告げたので、おそらくは近くにいるはずだ。

〈……聞こえます〉

しばらくして、志乃の声が返って来た。

「今、駅を出たとこ」

〈こっちは、少し渋滞に捕まって、今、青山通りです〉

志乃が、早口に説明する。

「了解。じゃあ、現地で合流しましょう」

〈はい。あ、それと、真田君がそっちに向かってます〉

「え？　あいつ事故ったんじゃないの？」

公香は、驚きの声を上げた。

〈そうなんですけど、たいした傷じゃなかったみたいで……〉

「そういう問題じゃないでしょ」

公香は、思わず足を止め、笑ってしまった。

いくらなんでも、今日は、真田は動けないと思っていたのに、まさにゴキブリ並の生命力だ。

恭子は、足を止めた公香などお構いなしに同じ歩調で歩いている。

ちょうど青山霊園に差し掛かるところだった。

「ちょっと待って」

公香は、慌《あわ》てて恭子を追いかける。

黒い4WDが、徐行しながら近づいて来るのが見えた。この辺りは、人通りの少ない場所だ。

——嫌な予感がする。

公香は恭子の腕を摑《つか》み、自分の方に引き寄せた。

——そのまま通り過ぎて。

公香の願いに反して、4WDは、すぐ目の前に停車する。

ドアが開き、二人の男が出て来た。

両方とも見覚えがあった。一人は、昨日、公香が股間《こかん》を蹴《け》り上げた吉田。もう一人は、真田がKOされたと話していた男、武井だ。

男二人を相手に、恭子を連れて逃げ回るのは、さすがに分が悪い。

しかも、向こうは車を持っている。

真っ向からやり合おうにも、吉田はともかく、武井は真田を負かすほどの手練《てだ》れだ。

とても勝ち目はない。

「一人で逃げられる？」

公香は、恭子に小声で訊《たず》ねた。

だが、はっきりした返事は得られなかった。頼りないが、迷っている暇はない。

「行って！」

公香は、恭子の背中を強く押した。戸惑い、何度も振り返りながら、恭子が走っていく。

吉田が、すぐにそれに反応し、あとを追いかける。

——行かせないわよ。

公香は、吉田の進路に立ちふさがった。

「このアマ……」

吉田が、公香の正面で足を止め、苦々しく口を開いた。

昨日の屈辱を思い出したのだろう。顔を真っ赤にして、怒りを表わしている。

「昨日は、ゴメンなさい」

公香がおどけたことで、吉田の怒りが爆発した。

「ぶっ殺してやる！」

叫び声を上げながら、猛牛のごとく突進してくる。

――狙い通り。

公香は、カウンターでその股間に膝蹴り《ひざげ》りを打ち出す。

だが、不発に終った。

吉田は、公香の足を抱えるようにして、膝蹴りをガードしていた。

さすがに、二回も同じ手は食ってくれない。

「ワンパターンなんだよ」

吉田は、いかにも得意そうにたるんだ頬を震わせながら言った。

だが、公香はそれで焦《あせ》ることはなかった。ガードされることは最初から織り込み済み。

「じゃあ、これはどう？」

公香は、吉田の鼻っ面《つら》めがけて頭突きをした。

真田がよく使う手だ。

確かな手応《てごた》えがあった。「ぐぅ」と唸《うな》りながら、公香の足を離し、自分の顔を覆《おお》うと、その場に両膝をついた。

すぐに止《とど》めの一撃といきたいところだったが、頭がくらくらして、身体《からだ》が思うように動かなかった。

——慣れないことをするもんじゃない。

頭を振って、なんとか顔を上げた公香だったが、その瞬間、武井の平手打ちが飛んで来た。

とても平手打ちとは思えない衝撃を受け、公香はよろよろと尻餅《しりもち》をつく。

頬が焼けるように熱い。左耳が、キンキン鳴っている。

「よくも！」

吉田が、鼻を押えながら立ち上がり、公香ににじり寄る。

「吉田さんは、娘を追って下さい」

武井が鋭く言い放つ。

「てめぇ、偉そうに」

吉田が、感情を露《あら》わにして武井に詰め寄る。だが、武井は動じなかった。

「もし、逃がしたときには、吉田さんが責任を取ってくれるのですか？」

淡々とした口調で言う。

吉田は、武井の鋭い眼光から逃げるように、車に乗り込む。

「待ちなさい！」

公香は叫んだが、それより先に武井に髪を摑まれた。

車は、タイヤを鳴らしながらUターンして、急発進する。

——これは、本当にヤバイかも。

公香は、絶望的な気分を味わいながらも、武井の目を見返した。

十六

柴崎は、山縣の後を追って駐車場に飛び込んだ。

十メートルほど先に、動く人影を見つけた。

黒いBMWの前だ。

久保が両手を頭の後ろに回し、向かいに一人の男が立ち、何か話をしている。久保の背後には拳銃《けんじゅう》を持った男が立ち、彼の動きを制限していた。

「いました！」

柴崎は、声を上げた。

――しまった。

思ったときには遅かった。声はコンクリートの壁に反響し、幾重にもなって響き渡り、男たちも柴崎たちの存在に気づいた。

柴崎が自らの不覚を呪《のろ》っている間に、山縣は身を屈《かが》め、停車している車の陰に隠れるようにしながら走り出した。

「くそっ！」

柴崎は、一度右側にあるコンクリートの柱に身を隠し、山縣と同じように、身を屈めながら別の角度から男たちに近づいていく。

拳銃を持っているのは一人だ。別方向から二人で攻めれば、相手の隙《すき》を突くことができる。

パン！

乾いた破裂音がして、柴崎のすぐ目の前の車のサイドミラーが砕けた。

――まずい。

柴崎は、その車のドアに背中をつけながら、素早くしゃがんだ。

様子を見ようと、顔を少し上げた瞬間、再び銃声が響き、車のドアウィンドウが崩れるように割れ、破片が柴崎に降り注いだ。

——山縣は？

目を向けると、山縣も同じように車を盾にするかたちでしゃがみ、身動きが取れないでいた。

山縣は何かを覚悟したように頷《うなず》くと、近くの柱に向かって走り始めた。

パン！　パン！

続けざまに銃声が二発——。

そのいずれも山縣を捕えることはなく、なんとか柱を背に身を隠した。

柴崎には、山縣の意図が見えない。その分、余計にひやひやする。

「出て来い！」

男の声が響く。

山縣は、柱の脇《わき》に設置された消火器を手に取る。

——なるほど。

ここに来て、柴崎にも山縣の意図が見えた。

山縣は、頷くと同時に、消火器の栓を抜き、それを男たちめがけて投げた。

白い消火液が勢いよく吹き出し、煙のように辺りを包む。

即席のスモーク弾だ。

これで奴《やつ》らの目隠しができる。

柴崎は山縣と頷き合い、同時に男たちに向かって突進する。

パン！

銃声が轟《とどろ》いた。

「ぐぁ！」

叫び声がそれに続き、柴崎の横を走っていた山縣が、後方に仰《の》け反《ぞ》るようにして倒れた。

——どうする？

柴崎の中に迷いがあった。

このまま男たちに突進すれば、制圧できるかもしれない。だが、倒れた山縣を放置することはできない。

「山縣さん！」

結局、柴崎は山縣に駆け寄った。

左の肩を撃たれたらしく、血が流れ出し、シャツの色を変えていた。

幸い弾は貫通しているようだ。

「行け!」

山縣は、痛みに表情を歪《ゆが》めながらも、柴崎に言う。

だが、動けぬ山縣をここに放置すれば、的になるのは必至だ。せめて、車の陰に移動させる必要がある。

柴崎は、両脇を抱えるようにして、山縣を移動させようとした。

だが、できなかった。

押し殺したような笑い声が響き渡る。

——来た。

柴崎が目を凝らすと、闇《やみ》の中から、浮き上がるように、拳銃を持った男が現れた。

坊主頭《ぼうずあたま》で、右耳の上半分が千切れている。死人のような白い顔で、歪んだ笑いを浮べる唇だけが、やけに赤く艶《なま》めかしかった。

まるで、作り物のように整った顔立ちをしている。細い目の奥に光る瞳《ひとみ》には、一分の隙もなく、全《すべ》てを見透かしているような冷たさがある。

——こいつが、黒木。

柴崎には、亡霊というより死神に見えた。

黒木が、銃口を柴崎の眼前に突きつける。

そして黒木の背後には、頭の後ろに手を回した久保と、その背中に拳銃を突きつけている男がいる。

迂闊《うかつ》だった。拳銃は二挺《ちょう》あった——。

柴崎が突っ込んだところで、久保を救うことはできない。

「誰かと思えば……」

山縣に視線を移した黒木が、目を細め、楽しそうに言った。

——最悪だ。

柴崎には、この状況を打破する策は思い浮かばなかった。

「黒木……」

山縣が、血の流れ出す肩を押えながら言う。

「覚えていてくれて光栄だ。この耳の礼をしないとな」

黒木は、自らの右耳を指でさするようにしながら言った。

「復讐《ふくしゅう》など……無意味だ……」

山縣は、額に汗を滲《にじ》ませながらも、訴える。

それを聞いた黒木は、呆《あき》れたように笑った。

「お前が、そんなことを言えるのか?」

山縣は唇を嚙《か》み、視線を逸《そ》らす。

——どういうことだ？

柴崎には、二人の会話の内容が理解できなかった。

かつて黒木を逮捕したのが山縣であることは、柴崎も調べて知っていた。だが、二人には、それ以上の何か因縁があるように思えた。

「そうだ。お前に訊《き》きたいことがある。奴は、知らないらしい」

黒木は、振り返り、久保に視線を向けながら言った。

久保は、拳銃を突きつけられ、身動きが取れない状態だ。

平静を装《よそお》ってはいるが、額からボタボタと汗を流し、視線は落ち着きなく揺れている。

「裏切り者は、誰だ？」

黒木が、山縣に向き直りながら言った。

柴崎は、今まで何人もの犯罪者と対峙《たいじ》してきた。睨《にら》まれることには慣れている。だが、それでも怖いと思うほど、黒木の目は残忍な光に満ちていた。

——この男には、何かが欠落している。

「……知らない」

山縣が、肩で息をしながら言う。

――嘘《うそ》だ。

柴崎でもそれが読み取れるほどに、山縣の声は上ずっていた。

「本当かどうか、試してみよう」

黒木は久保の胸ぐらを摑《つか》み、引《ひ》き摺《ず》り倒すようにして、自分と山縣の間に跪《ひざまず》かせると、その後頭部に銃口を突きつけた。

「言う必要はない」

久保は、気丈に言った。

だが、それは理性から出る言葉で、感情は別のところにあった。

それを証明するように、久保は過呼吸に陥り、激しく胸を上下させていた。

「もう一度訊く。裏切り者は誰だ？」

久保が、固く目をつむり、何事かを繰返し呟《つぶや》く。

柴崎は、何もできない自分の無力さを呪い、拳《こぶし》を固く握った。

答えない山縣を急《せ》かすように、黒木が久保の後頭部に強く銃口を押しつける。

「……知らない。だが、聞いてくれ……」

山縣の言葉は、銃声にかき消された。

久保の額の真ん中に穴が空き、血と脳漿《のうしょう》が飛び散った。人形のようにパタリと前のめりに倒れる。

——化け物だ。

柴崎は、黒木に欠落しているものが何なのか、思い知らされた。どんな悪党でも、人の命を奪うときには葛藤《かっとう》や苦悩が生まれる。まったく平気な奴などいない。

だが、黒木は違う。

黒木に欠落しているのは心だ。そんな人間に、交渉や説得は通用しない。

——次に殺されるのは、自分たちだ。

その予感をなぞるように、黒木の銃口が柴崎に向けられた。

死が、すぐ目の前にまで迫っている。

「お前には、一緒に来てもらおう。訊きたいことがある」

黒木が、山縣を見下ろしながら言う。

「断ったら？」

「彼が死ぬ」

無表情のまま、黒木が柴崎に向けた拳銃を持ち直した。

柴崎は思わず息を呑《の》む。

「分かった」

山縣は、撃たれた肩を押さえながらゆっくりと立ち上がった。

――行けば、殺される。

「ダメだ！」

柴崎は声を上げる。このまま黙っていては、確実に殺される。一か八《ばち》かで体当たりをして、黒木から拳銃を奪う。それしか生き残る方法はない。

柴崎は覚悟を決め、黒木を見返した。

「いい目だ。お前には、危機感がある」

――今だ。

柴崎が飛びかかろうとした瞬間、駐車場のドアが開き、制服警官が二人入って来た。

フロントに、警察に通報するよう指示しておいたことが、功を奏したようだ。

「君たち。そこで何をしている？」

警官が、声を上げながら近づいて来る。

「一度には殺さない。一人ずつだ」

黒木は、慌《あわ》てた様子もなく、呟くように言った。

「なんだと？」

「山縣。次は、お前の番だ」

黒木は、山縣に指を突きつけるようにして言ったあと、くるりと背を向けて、もう一人の男と車に戻って行く。

柴崎には、その二人の背中に向かって突進するほどの気力は残されていなかった。

とりあえず、去ってくれることにほっと胸を撫《な》で下ろす。

黒木の乗った車が、タイヤを鳴らしながら猛スピードで発進していった。

「なんてことだ……」

山縣が、コンクリートの床に拳を打ちつける。

「山縣さんの責任では……」

柴崎が声をかけたが、山縣はそれから逃れるように自力で立ち上がり、久保の遺体を見下ろした。

「あのとき、殺しておけば……」

山縣の言葉には、憎しみがこめられていた。

十七

公香は痛みを堪《こら》えていた。

武井は公香の髪を掴んだまま、拳銃《けんじゅう》を抜き、銃口を脇腹《わきばら》のあたりに突きつける。

「歩け」

武井が短く言った。

この状況では、思うように動けない。

公香は武井に連れられて、柵《さく》をまたぎ、青山霊園の敷地に入って行く。

そのまま二十メートルほど歩かされた。

霊園の周りは、目隠しとして桜の木が並んでいる。これだけ中に入ってしまうと、霊園の外から公香たちの姿を見つけるのは難しいだろう。

真田が来てくれれば――という最後の望みも絶たれた。

武井は公香の髪から手を離すと、銃口を眼前に突きつけた。

わずか三十センチほどのところに銃口がある。引き金を引かれたら、確実にあの世行きだ。

「お前は、何者だ？」

武井が、静かに言う。

気の利《き》いた言葉で返して、そこから活路を見出《みいだ》そうとした公香だったが、武井の表情を見て諦《あきら》めた。

この男は、城地や吉田のような、勢いだけが売りのチンピラではない。安い挑発に乗ってくれるほど甘くないし、急ごしらえの嘘も通用しない。

「前にも言ったでしょ。ただの探偵よ」

「ただの探偵のはずがないだろ」

公香は嘘をついていないのに、武井にはそれを信じる気はないらしい。

「本当なんだから、仕方ないでしょ」

「裏にいるのは、どこの組織だ？」

「は？」

公香は思わず訊き返した。

〈ファミリー調査サービス〉は、所長以下四人で切り盛りする弱小探偵事務所だ。所属部署があるような大規模組織ではない。

対抗する密売組織か何かと勘違いしているのかもしれない。

「公安ではないだろ。組対か？　それとも麻薬Ｇメンか？」

――なんだか、様子がおかしい。

武井が挙げた組織の名称は、警察や厚生労働省といった、国がらみのものばかりだ。

「私が、そんな風に見える？」

「見えるから訊いている。正直に答えろ」

武井はなおも公香に詰め寄る。

――マジでヤバイわね。

真実を話しているのに、誤解から撃ち殺されるなんて、冗談じゃない。

だが、逃げる手立てが思い浮かばない。

〈公香さん。伏せて〉

インカムから、志乃の声が聞こえた。

それと同時に、けたたましいクラクションの音が響き渡る。武井が気をとられて、ほんの一瞬だけ公香から視線を外した。

公香はその隙《すき》を逃さず、志乃の指示通りにその場にしゃがむ。

ひゅっ。

風を切るような音がした。

それと同時に、武井が「うっ」と呻《うめ》き声を上げ、その右手から拳銃が滑り落ちた。

公香はすぐにその拳銃を拾い、飛退《とびの》きながら、銃口を武井に向ける。

「動かないで！」

公香は武井に向かって叫ぶ。

武井は、固まったように動きを止めたものの、屈辱に表情を歪《ゆが》める。

――なんだか分からないけど形勢逆転。

「志乃ちゃん。ナイス」

公香は、インカムに呼びかける。

〈間に合って良かったです〉

志乃の明るい声が返ってくる。

公香の場所からは、志乃の姿が確認できない。どんな手を使ったのか分からないが、とっさの状況判断と、そこからの対応能力には舌を巻く。

「さあ、今度は、こっちが聞かせてもらう番よ」

公香は、さっきのお返しとばかりに、勝ち誇った笑みを浮べた。だが、武井は呆《あき》れたようにため息を吐《つ》く。

「詰めが甘い」

「え？」

「その銃に弾は入っていない。重さで分からないのか？」

「嘘よ」

公香は、否定しながらも、視線をグリップ部分に収まった弾倉に向けた。

その刹那《せつな》、武井は一足跳びに踏み込み、公香との距離を詰めると、拳銃を持った右手に手刀を浴びせ、素早く拳銃を奪い取った。

流れるような動き。公香が嵌《は》められたと気づいたときには、眼前に拳銃が突きつけられていた。

――油断した。

悔いてみてもあとの祭り。

「仲間はどこにいる？」

武井が訊《たず》ねる。

だが、残念なことに、公香にも志乃たちがどこにいるかは分からない。

「ここだ――」

声がしたかと思うと、茂みの中から黒い人影が飛び出してきて、公香と武井の間に割り込んで来た。

真田だった。

「また会ったな」

真田はニヤリと笑うと、素早く武井の懐《ふところ》に潜り込み、顎《あご》先めがけて右の拳《こぶし》を突き上げた。

武井は後方にステップを踏み、攻撃をかわしながらも、銃口を向けている。

起死回生の攻撃をかわされては、拳銃相手に為《な》す術《すべ》はない。

だが、固まる公香に反して、真田の表情には余裕があった。

「お前ら……」

武井が苦々しげに言い、拳銃の引き金に指をかける。

――撃たれる。

「そこまでだ！」

背後から声がした。真田ではない。

公香が振り返ると、そこにライフルを構えた男が立っていた。

知っている人物だった。あなたは――。

「鳥居さん？」

驚きのあまり、思いがけず大きな声が出た。

武井は、それをきっかけに素早く身を翻《ひるがえ》すと、脱兎《だっと》のごとく駆け出した。

鳥居は構えていたライフルを下ろし、緊張を解くと、黙って武井の背中を見送った。

「ちょっと、何で追いかけないのよ！」

公香は、興奮して叫ぶ。

「これは、エアライフルだ。正面から撃ち合ったら、勝ち目はない」

鳥居に言われて、公香もそれが競技用のエアライフルであることに気づいた。

さっきの風を切るような音は、エアライフルの発射音だったのだろう。

鳥居の言うように、競技用のエアライフルに殺傷能力はない。あの状況で撃ち合ったら、確実に殺される。

逃げてくれただけ良しとしよう。でも——。

「なんで、鳥居さんが？」

「山縣さんが言ってた助《すけ》っ人《と》てのは、鳥居のおっさんだったんだよ」

真田が得意げに言う。

「知ってたなら、教えておいてよ」

「俺だって、さっき合流して初めて知ったんだよ」

公香の抗議に、真田は呆れたように肩を落とす。

とにかく、元SAT狙撃班《そげきはん》のエースだった鳥居は、間違いなく頼れる助っ人だ。

公香は、安堵《あんど》からその場に崩れ落ちそうになるのを、どうにか堪えた。

「それで、あの娘《こ》はどうした?」——

真田のその一言が、公香を一気に凍りつかせた——。

十八

柴崎は、病院の待合室のベンチに座り、頭を抱えていた。

久保は、即死だった——。

柴崎の頬には、まだ、久保の血が付着したままだ。

彼が死に際《ぎわ》に見せた、恐怖におののく表情が、網膜の奥に張り付き、剝《は》がれない。

——分かっていたのに、また守れなかった。

後悔が、強い波となって、柴崎の心を押し流してしまいそうだった。

ふと、脳裏に志乃の顔が浮かぶ。

彼女は、今までずっとこの後悔の波の中に立っていたのだろう。そう思うと、世間知らずのお嬢様に見えていた彼女の印象も、大きく変わる。

柴崎が顔を上げると、こちらに向かって歩いて来る山縣の姿が見えた。

肩に銃弾を受けたものの、幸い弾は貫通し、急所を傷つけることもなかった。左腕を吊《つ》っているが、大事に至らなかったのが不幸中の幸いだ。

「完敗だ……」

山縣が、柴崎の隣に座った。

その表情は、まるで漂流から戻った者のように疲弊して見えた。

「そうですね。とんでもない男が、脱獄したものです」

今、思い出しただけでも、つま先から這《は》い上がるような恐怖が蘇《よみがえ》る。両手をこすり合わせることで、指先の震えをどうにかごまかした。

「ああ」

山縣は、深く沈んだ声で言った。

「彼を逮捕したのは、山縣さんだったんですよね」

「私と久保。それから、皆川さん。もう一人いたが、彼は現場で射殺された」

山縣は、機械音声のように、抑揚のない声で答えた。

「どうやって逮捕にこぎつけたんですか？」

柴崎は質問を投げかけた。黒木が言っていた言葉が引っかかっていたからだ。

——裏切り者は誰だ？

あの言葉から察するに、黒木は、組織内で自分を裏切り、警察に密告した人間を捜している。その人物が分かれば、黒木を逮捕するための足がかりになるかもしれない。

山縣は、無言のまま、壁に貼《は》られた健康対策を謳《うた》ったポスターを眺めていた。

「私は、一人の女性を殺したことがある」

唐突に発せられた山縣の言葉は、柴崎が求めた答えでなかっただけではなく、想像の範疇《はんちゅう》を超えたものだった。

柴崎は口を挟むことなく、静かに耳を傾けた。

「もう、十年も前の話だ。私は捜査中に一人の女性と出会った。私は、その女性に恋をした」

「山縣さんが？」

「意外そうな顔をするな。私だって恋くらいするさ」

山縣は、照れ臭そうに頭をかいた。

「それで？」

「彼女は、麻薬の常習者だったが、私と一緒にいるようになって、薬には手を出さなくなった。結婚することも考えていた……」

そこで言葉を切った山縣は、寂しそうに天井を見上げた。

その先は、柴崎もなんとなく想像がつく。

「警察が許さなかったんですね」

山縣は、頷《うなず》いた。

警察官が結婚する場合、その相手の身辺調査が行われる。犯罪との関与を避けるためだ。

麻薬常習者だった女性など、警察が許すはずがない。

「私は、悩んだ結果、彼女に別れを告げた」

「そうだったんですか……」

柴崎は、足許《あしもと》に視線を落とした。

究極の選択だったのだろう。全《すべ》てを捨てて女に走るか、あるいは——。

どちらを選んだとしても、誰にも責めることはできない。

「次に私が彼女と会ったのは、霊安室だった……」

「え？」

「薬物の過剰摂取によるショック死だった。私と別れたあと、彼女は再び麻薬に手を出したんだ」

柴崎は、ようやく納得した。

山縣は、自分の選択を悔いるあまり、自分が殺したのだという罪悪感にかられている。

「山縣さんの責任ではありません」

慰めるつもりで言ったのではない。本気でそう思っていた。

哀《かな》しい過去ではあるが、それは仕方のないこと――。

「いや、私の責任だ」

山縣が、すっと立ち上がった。

その背中が、いつもより小さく見えた。山縣は、ずっと過去を引《ひ》き摺《ず》りながら生きている。

だが、だからこそ、犯罪に対して誰よりも真摯《しんし》に向かい合ってきたのだろう。

「この先は、どうします?」

柴崎も立ち上がると、山縣に訊ねる。

本来なら警察官が探偵に訊《き》くことではないが、黒木を捕まえるには、山縣の力が必要不可欠だという気がしていた。

「一つ、気になることがある」

山縣が、ポツリと言う。

「なんです？」

「黒木は、亡霊の異名の通り、今まで、ほとんどその存在を明かさずに行動してきた」

「そうです」

刑務所の中から組織を操り、自分についての噂《うわさ》だけを流していた。

警察は、半ば存在しない亡霊を追いかけ、奔走し続けていた。

「そんな男が、なぜ脱獄した？」

「それは……」

柴崎はすぐに答えることができなかった。

山縣の言う通り、黒木は刑務所を脱獄してまで、何をしたかったのだろう。

刑務所に入ってすぐ脱獄したのならまだしも、八年も経《た》ってからの脱獄。なぜ、今のタイミングなのか？

「それに、今はその存在をアピールするように、白昼堂々と動き回っている。それは、なぜだ？」

柴崎は、その質問に対する答えも持っていなかった。

十九

真田は、吐き出すように言った。

「くそっ！」

公香から、恭子が拉致《らち》された可能性があることを知らされ、彼女に仕掛けておいた盗聴器の電波を追って、捜索を開始した。

青山一丁目の駅に向かう途中の路上で、電波を捕えることができた。

バイクの機動力を活《い》かし、先行して現地に到着したのだが、見つけたのは恭子ではなく、アスファルトに転がる盗聴器だった。

真田は、盗聴器をぎゅっと握り締め、近くに停めてあるハーレーに引き返した。

そこに、ハイエースが滑り込んできた。

停車するなり、スライドドアが開き、公香が飛び出してくる。

「見つかった？」

公香が、もの凄《すご》い剣幕で詰め寄ってくる。

「ダメだ。盗聴器だけで、彼女の姿はない」

真田は、公香に盗聴器を見せる。

だが、公香はきっと真田を睨《にら》み、認めようとはしなかった。

「もっとちゃんと捜しなさいよ！」

公香が、悲痛な叫び声を上げながら、必死に辺りを捜し始める。

——恭子を守れなかった。

その罪の意識から感情的になっているのだろうが、叫んだところで状況は変わらない。

「ここにはいない。少し冷静になれよ」

真田は、公香の腕を摑《つか》む。

「そんなはずないわ！　絶対にいるわよ！」

公香は冷静さを取り戻すどころか、余計に感情を爆発させる。

真っ赤になった目は、今にも泣き出しそうだ。

「真田の言う通りだ。少し冷静に考えよう」

会話に割って入ったのは、運転席から降りてきた鳥居だった。

真《ま》っ直《す》ぐに公香の目を見る。

しばらく睨み合っていた二人だったが、やがて公香が鳥居から視線を逸《そ》らした。

「分かったわ」

公香が、不服そうにしながらも返事をする。

さっきより、だいぶ落ち着きを取り戻したようだ。

「それで、どうする？」

真田は、鳥居の顔を見た。

さっきの口ぶりからして、今後の対策もすでに練ってあるといった感じだった。

「まずは、依頼人である父親に状況報告を行うのが先決だ。その上で、警察に通報する」

「そうだな」

鳥居の案は妥当だ。賛同の意思を示した真田だったが、公香は違った。

「そんな悠長なことしてる場合じゃないでしょ！」

鎮《しず》まりかけていた公香の感情が再燃する。

「たった四人で、闇雲《やみくも》に捜すことの方が、悠長だと私は思うがね」

鳥居が、きっぱりと言った。

さすがの公香も、反論の言葉が見つからないようで、足許に視線を落とした。

警察が誘拐事件として動き出せば、百人単位の捜査員で捜索を行うことになる。個人経営の探偵事務所の捜査能力の比ではない。

「あの娘《こ》の安全を考えるなら、それが一番だ」

真田は、公香の肩に触れながら言う。

その瞬間、電気でも流されたみたいに、公香がびくっと身体《からだ》を震わせ、顔を上げた。

何か言いたそうに口をモゴモゴさせていたが、結局、何も言わなかった。

「私が説明に行こう」

鳥居が名乗り出る。

「私も行く」

口に出した公香だったが、鳥居がそれを制した。

「いや、私と真田で行く。君たちは、山縣さんと連絡を取って、今後の対応を検討して欲しい」

鳥居の判断は賢明だと思う。

冷静さを欠いた今の公香が晴敏に会えば、それだけで余計なトラブルを生むことになりかねない。

それに、未《いま》だに連絡が取れない山縣が心配だ。

「分かった。男を乗せるのは不本意だが、仕方ない」

真田は、冗談めかして答えると、スペアのヘルメットを鳥居に投げた。

それを受け取った鳥居は、公香に車のキーを投げる。

「私は……」

言いかけた公香の声を遮るように、真田の携帯電話が鳴る。

表示されたのは、山縣の番号だった。

「どこで、何やってたんだよ」

真田は、電話に出るなり叫んだ。

〈いろいろ大変だったんだよ。そっちの状況はどうだ？〉

山縣の声は、徹夜明けみたいに淀《よど》んでいた。

「こっちも、大変なことになってる……」

真田は、恭子のことや、鳥居の提案も含めて説明した。

説明を聞き終えた山縣は、しばらく何かを考え込んでいるように黙っていた。

〈そうだな。真田は、鳥居君と一緒に依頼主に会ってくれ〉

「了解」

〈公香と志乃には、一旦《いったん》事務所に戻るように伝えてくれ〉

「分かった」

電話を切った真田は、ヘルメットをかぶりバイクにまたがった。

状況を察したらしい鳥居も、ヘルメットをかぶり、バイクのタンデムシートにまたがる。

「山縣さんは、何だって？」

公香が訊《たず》ねてくる。

「事務所に戻れってよ」

「でも……」

公香はまだ不服そうにしている。

これ以上ここで議論している時間が無駄だ。真田はエンジンをかけた。

「じゃあ、あとは頼んだぜ」

真田は、一方的に告げると、アクセルを吹かしてバイクを発進させた。

二十

署に戻った柴崎は、デスクに座り煙草《たばこ》の火を点《つ》けた。

煙草が、少しも旨《うま》くなかった。舌に不快な苦みが残る。

酷《ひど》い一日だった——。

柴崎の胸の奥では、黒木に対する恐怖心が疼《うず》いていた。

あの男は、底が知れない。それ故《ゆえ》の怖さがある。

それに、山縣が言っていたことも気にかかる。亡霊と異名をとるほど、今まで自らの影を覆《おお》い隠していた男が、なぜ、その存在を誇示するような行動に出たのか？

「柴崎さん。訊きたいことがあります」

松尾が、柴崎のデスクの前まで歩み寄って来た。

いつになく険しい表情をしている。

「なんだ？」

「今日のことです」

「何が言いたい？」

「なぜ、新宿署のあなたが、渋谷署の警部と、あのホテルにいたのか、その理由を教えてください」

まるで取調官のような詰問《きつもん》口調だ。

「なぜ、それを知る必要がある」

柴崎は、突き放すように言った。

話したくないし、話す必要もないと思っていたが、山縣や志乃のことを含めて、どう説明したらいいのか、分からないというのもまた本音だ。

「チームだからです」

松尾が、はっきりとした口調で言った。

その一言に、柴崎は胸を打たれた。署長から、内通者のあぶり出しを命じられていたこともあり、単独行動に走ってしまったきらいはある。放置された部下たちは、不満も溜《た》まるだろう。

だが、だからといって事情を説明できるわけではない。

「言えないこともあるんだ」

「ご自分の部下を信用できないんですか？」

松尾の声は、怒りをはらんでいた。

裏切られた――そんな想《おも》いがあるのかも知れない。

「信用はしている。だが言えない」

「だから、柴崎さんは孤立するんです」

松尾が、はっきりと言った。

傷ついたり、ショックを受けることはなかった。柴崎は、自分が組織の中で孤立していることを知っていた。

昔はそうではなかった。だが、昨年起きた事件が、柴崎の感情を大きく変えた。信頼していたはずの部下に裏切られたばかりか、娘の命を危険にさらすことになってしまった。

もう、二度と家族を巻き込むのはゴメンだ。その思いは日に日に強くなり、他人を信用しなくなった。

そして、極めつけが半年前に起きた一連の狙撃《そげき》事件——。信頼していた人間に、次々と裏切られていく。それは、柴崎の心に想像以上の傷を残した。

「分かっている。だが、俺にはやらなければならないことがある」

柴崎は語気を強めた。

松尾に向けた言葉というより、自分自身に対する決意表明のようなものだ。

「言いたくないなら、それで構いません。こちらも、好きにさせて頂きます」

松尾は、くるりと背中を向け、自分の席に戻って行く。

柴崎は、その背中を呼び止めようとして思いとどまった。

既視感《デジャヴ》を覚えたからだ。

今朝も、同じように立ち去っていく松尾の背中を見た。

現場に向かう前、柴崎が山縣と電話で話をしていたときだ。

様子を窺《うかが》うように廊下に立っていた松尾は、柴崎と目が合うと、逃げるように背中を向けて立ち去った。

もしかして、あのときの会話を聞いていたのか？

二十一

真田は、鳥居と並んで応接室のソファーに座っていた。

恭子の父親である晴敏が社長を務める大手製薬会社、桜田製薬の本社ビルを訪れ、彼に面会を求めたのだ。

会議中だという回答を得たのだが、娘のことで緊急の用件だと伝えると、応接室に通された。

社長室の横にあり、一般従業員は使用しない部屋のようだ。

「来ると思うか？」

真田は、足を組んでソファーにふんぞり返りながら言った。

「どうかな……」

鳥居は目を細め、曖昧《あいまい》に答えた。

その答えが出たのは、十分ほど経《た》ってからだった。

「何の用件です？」

部屋に入ってきた、晴敏の開口一番の台詞《せりふ》だった。

ソファーに座り、葉巻をくわえ火を点けたものの、その指先は微《かす》かに震えている。

――この態度。

真田は、違和感を覚えた。

「娘さんのことです」

鳥居が姿勢を正しながら言う。

「ああ、そうでしたね……」

晴敏は、ゆっくりと煙を吐き出す。

落ち着いた風に見せているが、貧乏揺すりが止まらない。

「私どもは、彼女を監視していましたが、何者かに襲われ、行方を見失ってしまいました」

「大丈夫。娘は、さっき帰ってきましたから」

晴敏は、葉巻を灰皿に置きながら言う。

「どういうことだ？」

真田は、思わず腰を浮かせて口を挟んだ。

「どうもこうもない。娘は帰ってきたと言ってるんだ。それから、身辺警護の依頼も、これで終わりにしたい」

「本気か？」

「もちろん。脅迫めいたものも、全《すべ》て私の勘違いだった。そういうことだ」

晴敏は、額にびっしょり汗を浮べている。

あまり嘘《うそ》が上手《うま》い方ではない。

「脅されているんですね。あなたは、娘さんの命と引き替えに、犯人グループから何らかの要求を突きつけられた」

鳥居が、真《ま》っ直《す》ぐに晴敏を見据えながら言う。

「わ、私が、脅されている？　な、何を根拠に……」

晴敏は、鼻息を荒くする。

この反応からして、図星なのだろう。

「根拠はありません。ですが、もし、娘さんが誘拐されているのだとしたら、警察に通報するべきです。仮に、あなたが犯人の要求を呑《の》んだとしても、生きて帰してもらえる保証はありません」

「お、お前に、何が分かる」

「分かります。私も、過去に娘を人質にとられたことがありますから」

半年前、鳥居もまた娘を人質にとられ、ある事件に荷担することになった。そんな鳥居だからこそ、発する言葉に力がある。

「わ、私は……何も知らない……」

晴敏は、痛みを堪《こら》えるように唇を噛《か》んだ。

その表情を観察していて、真田はある推論に至った。

「あんた、あの連中が誰なのか、知ってんだろ」

「し、知らん」

真田の問いに、晴敏が大げさに首を左右に振る。

やはり嘘が下手だ。

「本当は、知ってるんだろ。あんたは、あの連中と、何かヤバイことをやってた。そのトラブルから、娘の命をネタに使われた」

「止《や》めろ！」

晴敏が顔を真っ赤にして、真田の言葉を遮ろうとする。

だが、苦し紛れのその言動が、真田の推論が正しいことの証明でもあった。

「あんたは警察に行かないんじゃなくて、行けないんだろ」

「止めろと言ってるだろ！」

「止めねぇよ！　あんたが怖《おそ》れてるのは、あの連中に娘が殺されることか？　それとも、あんた自身が警察に捕まることか？」

「黙れ！」

晴敏が、テーブルに拳《こぶし》を打ち付けてから、立ち上がった。

肩で大きく呼吸しながら、真田を睨《にら》み付ける。

だが、真田は、それに対して少しも怖れを感じなかった。むしろ――。

「憐《あわ》れだな」

「お前らは、奴《やつ》らの怖さを知らないんだ！　亡霊に逆らえば、命はないんだぞ！　警察に話せだと？　現に、警察は奴を捕まえられないんだ！　知ったふうな口をきくな！」

晴敏が一気にまくしたてる。

「やっぱり知ってるんだな」

「うるさい！　帰れ！　警察を呼ぶぞ！」

晴敏は、唾《つば》をまき散らしながら言うと、荒々しくドアを開けて部屋を出て行った。

「どう思う？」

真田は鳥居に訊《き》いた。

「見たままだ」

鳥居は、表情を歪《ゆが》めながら、鼻の頭をかいた。

二十二

公香と一緒に事務所に戻った志乃は、応接室に入った。

「大変なことになりましたね」

志乃が声をかけても、公香は返事一つせず、膝《ひざ》を抱えるようにしてソファーに座っていた。

今回の事件が始まってから、やはり公香の様子がおかしい。

いろいろ訊いてみたいこともあるが、返事をしてくれないのでは、それもできない。

志乃がため息を吐《つ》いたところで、ドアが開き、山縣が戻って来た。

「大丈夫ですか」

山縣の様子を見て、志乃は思わず声を上げた。

左肩を包帯で巻き、腕を三角巾《さんかくきん》で吊《つ》っている。

その表情は憔悴《しょうすい》しきっていて、立っているのがやっとという風に見えた。

「撃たれた」

山縣は弱々しい声で言うと、一人用のソファーに座った。

「撃たれたって……」

さすがに公香も驚いて立ち上がる。

「幸い弾は貫通した。傷を縫うだけで済んだ。そのあと、事情聴取を受けたりして、時間がかかってしまった」

何でもないという風に振る舞っていた山縣だったが、言い終えると同時に、痛みに表情を歪めた。

「それで、久保さんは……」

志乃は、結果を知るのが怖いと思いながらも、山縣に訊《たず》ねた。

「ダメだった」

山縣の表情を見た瞬間から、ある程度予期していたことではあるが、それでも、志乃の胸に大きな衝撃となって響いた。

——また、助けられなかった。

その後悔は、いつまでも志乃にまとわりつき、その心をがんじがらめにする。

「そうですか……」

志乃は、胸を押えながら、ようやくそれだけ言った。

「ただ、志乃が見た夢の状況とは、だいぶ違っていた」

「違う？」

「ああ。彼はナイフではなく、拳銃《けんじゅう》で射殺された」

「どうして……」

——夢と違うことが起こったのか？

「おそらく、私たちが、志乃の夢により未来を予見し、それを阻止しようとしたことで、ズレが生じたんだと思う」

志乃の疑問を見透かしたように、山縣が説明を加える。

自分が未来を予見したことで、少しでも状況が変わったというのは、希望が持てるが、結果が同じであれば意味はない。

「久保って人と、恭子ちゃんの件は、やっぱり志乃ちゃんの夢と関係があるの？」

公香が、ちらっと志乃に視線を送りながら訊ねる。

「おそらく」

山縣が、それに答える。

志乃も同感だった。

久保が殺害される夢を見たのは、恭子に触れたのがきっかけだった。鳥居のときがそうであったように、二つの事件はつながっていると見るべきだろう。

「あたしは、どうすれば……」

志乃は、動かない足の上で拳を固く握った。

「焦《あせ》る必要はない」

山縣が、志乃に頷《うなず》いてみせる。

「呑気《のんき》なこと言ってる場合じゃないでしょ！　恭子ちゃんはどうなるの？」

公香が、ヒステリックに声を上げながら山縣に詰め寄る。

「気持ちは分かるが、彼女のことは、警察に任せるべきだ」

山縣は、傷の痛みに表情を歪めながらも立ち上がり、公香と向かい合う。

公香は、怒りをどこにぶつけていいか分からないといった感じだ。

「少し、落ち着きましょう」

志乃は、堪《たま》らず公香の許《もと》に移動し、その手を握った。

その刹那《せつな》、ビリッと身体《からだ》に電気が走る。

目の前が真っ白になり、脳内に映像が浮かび上がる。


剝《む》き出しのコンクリートに囲まれた、四角い部屋──。

窓がなく、蛍光灯の光が、チカチカと明滅している。

その部屋の中央に、椅子《いす》が一脚置かれ、男が座っていた。

両足を椅子の脚に縛り付けられ、両手は後ろで縛られている。

酷《ひど》い拷問《ごうもん》を受けたあとのように、身体のあちこちに生傷がある。力なく頭を垂れ、ぐったりしているが、それが誰なのかすぐに分かった。

山縣だった──。

彼を見下ろすように、右耳の上半分がない男が立っていた。

──しっかりしてください！

志乃は懸命に声を上げるが、山縣はピクリとも動かない。

カチ、カチ──。

時計の針が動く音が聞こえた。

カウントダウンをするように、定期的に響く音。
右耳の男は、薄ら笑いを浮かべながら部屋を出て行く。
——まさか。
志乃は、山縣の足許に、時限装置のようなものがあるのに気づいた。
——止まって！
志乃の願いは届かず、時計は時を刻み続ける。
やがて、針が頂点に達した瞬間、バチッと電気が弾《はじ》ける。
——ダメ！
志乃が叫ぶのと同時に、視界いっぱいに白い光が広がっていく。
次に志乃の前に現れたのは、白い壁に囲まれた会議室のような部屋だった——。
そこに、一人の男が立っていた。
さっきと同じ右耳が欠損した男だ。
男は、今まさに獲物を捕食しようとしている猛獣のように、飢えた目をしていた。
その視線の先には、一人の女がいた。
見たことのある顔。

公香だった——。

公香は、何かを覚悟している表情をしている。

男に見えないように、後ろ手には、ナイフが握られていた。

——何をする気なの？

その声は、届かない。

目の前に、白い光が広がっていく——。


「志乃、しっかりしろ！」

山縣の声が聞こえた。

志乃はそれに答えることができなかった。

ぐらっと地面が揺れる。だが、実際に揺れたのは、志乃の視界だ。

天地が分からなくなるほどに視界が揺れ、猛烈な吐き気に襲われる。

頭が割れるように痛い。

——伝えなきゃ。

そんな状況にありながらも、志乃の頭には、はっきりとその意識は働いた。

「山縣さん、逃げて！」

志乃は、無我夢中で叫ぶ。

「なんだって？」

「早く逃げないと、爆弾が……」

それ以上、声を出すことができなかった。

うまく呼吸ができない。まるで、大波に呑《の》まれて、溺《おぼ》れているようだ。

もがけばもがくほど、意識は遠のき、真っ暗な闇《やみ》の中に落ちていった——。

二十三

鳥居と事務所に戻った真田は、応接室に顔を出した。

山縣が、いつにも増した仏頂面《ぶっちょうづら》でソファーに座っていた。左腕を三角巾で吊っている。

「どうしたんだ？」

「撃たれた」

山縣が短く答えた。

「そりゃ、穏やかじゃねぇな」

真田は、言いながら山縣の向かいに腰を下ろした。

今日は、お互いに散々な一日だったらしい。

「大丈夫なんですか？」

鳥居が、心配そうに声をかけながら山縣の隣に座り、傷の具合を見ている。

「私は大丈夫だ。だが、久保は間に合わなかった……」

ため息混じりに山縣が言った。

「久保って、志乃が夢で見た？」

「そうだ」

「マジかよ」

真田は思わず天井を仰いだ。

これだけいろいろなことが一度に起きると、さすがに気分が萎《な》える。

「そういえば、志乃は？」

いつもなら、気を遣って珈琲《コーヒー》を運んで来てくれるところなのに、応接室に志乃の姿は見あたらない。

部屋の隅に車椅子だけが置いてある。

「今、向こうの部屋のベッドで休んでるわ」

言いながら部屋に入って来たのは公香だった。

「何かあったのか？」

「それは、あとで話す」

山縣が遮った。

「なんで？」

「いろいろと複雑なんだ」

口を尖《とが》らせ、ふて腐れた真田だったが、こういうとき、山縣は何を言っても、頑として口を開かないことを知っている。

公香が、脱力したようにソファーに座る。

「それで、そっちはどうだったんだ？」

山縣が、話を切り替える。

「どうもこうもねぇよ」

真田は、腹立たしさから、吐き捨てるように言った。

「ちゃんと説明しろ」

今日の山縣は、一際《ひときわ》厳しい。かなりご機嫌斜めのようだ。

「鳥居のおっさん、説明よろしく」

「ああ」

鳥居は、呆《あき》れたような表情を浮べながらも、山縣に説明を始める。

晴敏は警察に行くつもりはなく、娘は無事だと身辺警護の依頼を打ち切ったこと。その裏では、娘をネタに脅迫を受けているらしいこと。さらには、警察に行けない事情も抱えているらしいこと――。

「何それ！」

公香が興奮気味に言う。

真田も同感だった。改めて話を聞いただけで、胸クソが悪くなる。

「なるほど。事件の骨格は見えてきたな」

話を聞き終えた山縣は、唸《うな》るように言った。

「父親が警察に駆け込まないなら、密告しちゃいましょ。それで終わり」

公香は、両手を大きく広げながら言う。

確かに、それが早道のように思える。このままいけば恭子は殺されるかもしれない。

「それで、そっちはどうなんです？」

鳥居が山縣に話の矛先を向けた。

山縣は、苦しそうに唸ったあと、改めて顔を上げると、唐突に話し始めた。

「志乃は、桜田恭子に触れて久保の夢を見るようになった。この二つが関係あるとすれば、事件の背後にいるのが誰なのか、私には分かる」

「マジかよ」

真田が声を上げる。

それが分かっているなら、あとは捕まえるだけだ。

「今日、私を撃ったのも、その男だ」

「え？」

公香が、驚いて息を吞む。

「その男は、つい最近まで刑務所に収監されていたが、昨日脱獄した。今になってニュースでも騒がれ始めた」

山縣は、そこで一旦《いったん》言葉を切った。

その先の言葉を言うべきかどうか、悩んでいるといった感じだ。

公香が、何かを察したらしく、肩で大きく呼吸をしながら、身を乗り出すようにしている。

「その男の名は、黒木京介」

しばらくの間を置いてから、山縣が静かに言った。

公香が驚愕《きょうがく》の表情で立ち上がる。

額に汗が浮かび、その指先がぶるぶると震えている。呼吸がうまくできないのか、金魚のように口をパクパクさせる。

「嘘《うそ》でしょ」

絞り出すように、公香が言った。

この反応――。

「知ってんのか？」

訊《たず》ねる真田を、公香が食ってかからんばかりに睨《にら》んで来た。

――なんだよ。

「残念ながら真実だ」

山縣が告げるのと同時に、公香は応接室を飛び出して行く。

「おい、公香」

真田の呼びかけに、振り返ろうともしなかった。

今まで、あんな公香の姿を見たことがない。あれでは、まるで、メロドラマに出て来る悲劇のヒロインだ。

「その名前、聞いたことがあります。確か、亡霊と怖《おそ》れられた麻薬シンジケートのボスですよね」

　黙って聞いていた鳥居が口を挟んだ。

「そうだ。八年前に、私と皆川さんで逮捕した」

「親父《おやじ》が？」

　真田は、思わず声を上げた。

　皆川は、殺された真田の父親の名だ。

　額の傷が疼《うず》いた――。

　真田の両親は、麻薬の密売を行っていた北朝鮮の工作員に殺害された。そのとき、真田も現場に居合わせ、頭を撃たれたが、幸い命拾いした。

　山縣は、再び真田の身に危険が及ぶことがないよう、監察医と共謀して、真田を死んだことにして、名前を変えたのだ。

「そうだ」

　山縣が、目を伏せる。

　その表情を見て、真田の中に一つの可能性が浮かぶ。

「もしかして、その黒木って奴《やつ》が売ってた麻薬って……」

　山縣からの返事はない。だが、それが答えだ。

真田の両親を殺した北朝鮮の連中が卸した麻薬を、黒木が売り捌《さば》いていた。

おそらく真田の父親は、黒木を捕まえたあとに、そこから北朝鮮の麻薬密売組織に行き着き、邪魔者として殺されたのだろう。

納得する反面、真田には、まだ分からないことがあった。

「公香もそいつのこと知ってるのか？」

真田は山縣に訊ねる。

公香の動揺の仕方は、尋常ではなかった。知っていなければ、ああはならない。

「公香は、黒木の愛人だった。組織を裏切り、黒木の居場所を密告したんだ」

「マジかよ」

真田には、それ以外の言葉が浮かばなかった。

何もかもが驚きだった。

公香が愛人をやってたとか、組織を裏切ったとか、別の人間の話をされているとしか思えなかった。

今まで、何年も一緒に仕事をしてきて、そんな素振りは見せたことがなかった。

——俺は、今まで公香の何を見てきた？

混乱は、やがて自分に対する怒りに変わった。

「黒木が逮捕されたあと、公香は名前と顔を変え、麻薬依存症患者の更生施設に入っていた」

「ダルクですか」

鳥居の言葉に、山縣が頷《うなず》いて答える。

「なんてこった……」

真田は、自分の無知に腹が立ち、舌打ち混じりに吐き出した。

――ダルク。

今日、公香が言っていた。

真田は、その意味を理解せずに、軽く受け止めていた。

今まで真田が公香のことを知らなかったのは、話してくれなかったのではなく、訊《き》かなかったからだ。

「公香がダルクを出た頃、私は探偵事務所を開いたんだ。それで、声をかけた。助手を頼めないかと……」

真田は、黙って山縣の言葉を受け止めた。

公香は、真田の知らないところで、過去を断ち切ろうと必死にもがいていたのかもしれない。

「この先、どうするんです？」

しばらくの沈黙のあと、鳥居が、尖った顎《あご》をさすりながら訊ねる。

「黒木は、私に復讐《ふくしゅう》するつもりだ。それと、自分を裏切った人間を捜している」

——山縣と公香を殺す気か。

「そんなこと、させねぇよ」

真田は、右の拳《こぶし》を左の掌《てのひら》に打ちつけた。

今までのことを悔やんでも仕方ない。問題は、これから何ができるかだ。

「真田は志乃とともに、この件から手を引け！」

山縣は、鋭く言い放つと席を立った。

「待てよ！」

真田は、すぐに山縣のあとを追う。

「これは、私が清算しなければならない過去だ」

「勝手なこと言ってんじゃねぇよ！」

「お前らを巻き込むわけにはいかない！　私が、あのとき黒木を殺しておけば良かったんだ！」

山縣から発せられた想定外の言葉に、真田は面喰らい、反論できなかった。

——殺しておけば良かったんだ！

その叫びは、真田の中にある山縣のイメージを壊すのに充分だった。

どんなときでも人の命を重んじてきた山縣が、誰かの死を望むなど、とても本心だとは思えなかった。

だが、山縣の目は真剣そのものだった。

「この先は、別行動にする」

山縣は、それだけ告げると、応接室を出て行ってしまった。

——ふざけやがって！

真田は心の中で山縣を罵倒《ばとう》する。

こんな一方的な決別宣言は、到底納得できない。たとえ山縣が拒否しようと、納得できるまでつきまとってやる。

「真田は、指示に従うつもりはないんだろ」

鳥居が、真田の心情を先読みしたように言う。

——さすがに分かってる。

「もちろん」

「付き合うよ」

鳥居が目を細めた。

「いいのか？　死ぬかもしれないんだぞ」

「私の命は、君に助けられたものだ」

鼻の頭をかきながら、鳥居が照れ臭そうに言った。

第三章　Revenge

一

——志乃ちゃん。

自分を呼ぶ声に導かれるように、志乃は目を覚ました。

朧気《おぼろげ》な視界の向こうに、人の顔が見えた。

「公香さん……」

志乃はすぐに起き上がろうとしたが、頭にズキッと痛みが走り、思わず顔を顰《しか》める。

「無理しないで」

公香が肩をそっと押し、志乃をベッドに寝かせる。

「すみません」

志乃は、それに素直に従った。

頭の痛みもあるが、まだめまいがする。すぐに起き上がれる状態ではなかった。

「何があったの？」

公香は、ベッドの脇《わき》に跪《ひざまず》き、志乃の顔を覗《のぞ》き込むようにしながら訊《たず》ねる。

その言葉をきっかけに、志乃の脳裏に、夢の映像がフラッシュバックした。

さっき、公香に触れたときに見た光景だ。

志乃の意識は急速に覚醒《かくせい》し、慌《あわ》てて上体を起こした。ゆっくり休んでいる場合ではない。

あれは、おそらく近い未来を予見したもの——。

「山縣さんが……大変なんです。早くしないと……」

言いたいことがたくさんあり過ぎて、どう喋《しゃべ》っていいのか分からない。

「落ち着いて。山縣さんがどうしたの？」

公香が、ゆっくりと志乃の肩を撫《な》でる。

志乃はそれに合せて、意識的に深呼吸を繰返し、気分を落ち着ける。

「山縣さんが、誰かに捕まっていました。椅子《いす》に、手足を縛り付けられて……」

「それは、本当？」

公香の表情が、みるみる凍りついていく。

「はい」

「それで、山縣さんはどうなるの？」

「山縣さんのいる部屋に、爆発物のような物があって……」

志乃が夢で見たのは、時限式の爆発物が着火するところまでだ。だが、そのあとどうなったかは、容易に想像がつく。

――早くなんとかしないと、山縣さんの命がない。

焦《あせ》る志乃に反して、公香は表情ひとつ変えなかった。

まるで、そうなることが分かっていたかのように、冷静さを保っている。

「犯人の顔は見た？」

「この前と同じ人です」

「やっぱり……」

公香が、目尻《めじり》を下げながら言った。その表情は、ひどく哀《かな》しげに見えた。

「あたし……」

「あまり無理しないで」

公香は、志乃の言葉を遮るように言うと、水の入ったペットボトルを差し出す。

「ありがとうございます」

志乃は、それを受け取り一口飲んだ。

疲れているせいだろうか。舌に苦みが残った。

「私ね、薬物中毒だった時期があるの」

公香が、唐突に語り始めた。

「公香さんが？」

山縣の話からある程度察してはいたが、やはりそうだったのだ。

「そう。私の母は、ある政治家の愛人だったの。陰に隠れて、男に健気《けなげ》に尽くす母の姿は、見ていて痛々しかった」

「そうだったんですか」

「その男は、テレビの討論や選挙演説で、良き父親ぶりをアピールするの。その度に、私は自分の存在を否定されているみたいだった」

公香は、思い返すように目を細めた。

「それで薬に？」

「どうしようもなくて、結局は、弱い自分から逃げるためだったんだ。もしかしたら、父親に振り向いて欲しかったのかも……」

笑顔を作った公香だったが、志乃にはそれが泣き顔に見えた。

「公香さん……」

志乃は、その先、どう言っていいのか分からなかった。

公香は、今までそんな素振りを一度たりとも見せたことがなかったが、たった一人で、過去と闘い続けてきたのだ。

「そんなとき、一人の男に会ったの。若いのに、麻薬のシンジケートを一人で仕切っていた。すぐに彼に惹《ひ》かれ、愛人の座に納まった。不思議でしょ。母が愛人であることを嫌悪《けんお》していたはずなのに、自分も同じことをしたの」

「同じではありません」

「同じよ。それからは、生きているのか、死んでいるのか、分からないような生活だった。そんな私を救ってくれたのが、山縣さんだった」

「山縣さんが？」

「そう。刑事だった彼は、私を薬やその男から救い出してくれたの。それだけじゃない。私の居場所も作ってくれた」

「山縣さんらしいですね」

「だからね、山縣さんには死んで欲しくないの」

公香は、自分の言葉を嚙《か》みしめるように、大きく頷《うなず》いた。

その表情からは、悲壮な決意がうかがえた。

「あたしも、同じです」

志乃は、公香の目をじっと見つめながら言った。

山縣に助けられたのは、何も公香だけではない。志乃も、彼に居場所を作ってもらった。

「探偵事務所に来てから、真田に会って、何かが変わった気がしたの。あいつって、人の心に土足で入って来るでしょ」

「そうですね」

志乃は、笑顔で答えた。

真田の無鉄砲な振る舞いは、多くの人を巻き込み、変えていく。

「そして、志乃ちゃんに会った。最初は、志乃ちゃんのこと、嫌いだったんだ」

公香が、照れ臭そうに笑う。

「私は……」

だんだんと志乃の意識が朦朧《もうろう》としてきた。

強烈な眠気に襲われ、身体《からだ》を起こしていることもままならず、ベッドに横になった。

「なんかさ、志乃ちゃんって私と正反対なんだもん。私は、辛《つら》い現実から逃げちゃったけど、志乃ちゃんは違った」

もっと、公香の言葉を聞いていたい。

その願望に逆らうように、意識はどんどん遠のいていく——。

「私は、あの男と決着をつけなきゃいけないの」

──決着って、どういうこと？

「真田のこと、お願いね。それと……」

──バイバイ。

それが、志乃が聞いた公香の最後の言葉だった。

二

応接室に残った真田は、ぼんやりと天井を眺めていた。

──俺は、何を見てきたんだ？

その疑問だけが、頭の中をぐるぐる回る。

今まで、山縣や公香の過去など気にしたことはなかった。必要ないと思っていたからだ。

真田自身、両親が殺害される前のことは、ほとんど喋ったことはない。

あの日、あの瞬間から、名前を変え、過去のコミュニティーを全《すべ》て断ち切ったことも、大きく影響しているのかも知れない。

再び額の傷が疼《うず》いた──。

「まだ、ここにいたんだ」

声をかけて来たのは、公香だった。

「公香！」

真田は、思わず声を上げた。

「何よ。死人に会ったみたいな声出して」

公香は、軽口を叩《たた》きながら、真田の向かいのソファーに座った。

いつもと変わらぬ態度を装《よそお》ってはいるが、その目は充血して真っ赤になっていた。泣き腫《は》らしたのだろう。

「そうじゃねぇけど……」

「私が、いつまでもくよくよしてると思った？」

公香は、肩をすくめてみせた。

「いや」

真田は笑顔で返した。

さすがにたくましい。公香は、過去を振り返って悲観するようなタイプじゃない。

「さっき、志乃ちゃんの部屋に行って来たわ」

公香が言う。

「どうだった？」

「まだ眠ってるみたい。ちょっと休ませてあげましょう」

「そうだな……なあ、公香、ちょっと訊《き》きたいことがあるんだ」

真田は、思い切って切り出す。

さっき、山縣から公香の過去を聞かされた。だが、それは断片的なものに過ぎない。

できれば、本人の口からいろいろ聞きたい。

「なに？」

「公香って……」

「ちょっと待って！」

言いかけた真田の言葉を、公香が遮った。

「まさか、私の過去を教えろなんて言わないでしょうね」

「うっ……」

先手を打たれて言葉に詰まる。

「あんたは、そんなだからモテないのよ」

「は？」

「女にはね、知られたくない過去の一つや二つあるものなの」

公香は、早口に言う。

「そうだけどさ……」

「だったら、訊かないで。私の気持ちは整理できてるから。今、大事なのは、恭子ちゃんをどうやって助けるか――そうでしょ」

そこまで言われると、真田は返す言葉がない。

実のところ、公香が多少なりとも迷っていると思ったので、逆に拍子抜けしてしまう。

「強いんだな」

真田が言うと、公香は苦笑いを浮べた。

「強くなんてないわよ。ただ、覚悟ができただけ」

「だから、強いって言ったんだよ」

真田は、両手を頭の後ろに回し、ソファーに深く沈み込んだ。

公香が覚悟を決めたのなら、もう心配はない。さっきまで気にかかっていた公香の過去も、どうでもいいことに思えた。

「それで、山縣さんは？」

「部屋に入ったきり」

真田は、山縣の部屋の方向に目を向ける。

「そう……」

「これからは、別行動だってよ」

怒りを込めて、真田は言った。

両親を亡《な》くした真田にとって、山縣は親のような存在だった。これまでも、そしてこれからも――。

だが、山縣から浴びせられたのは、絶縁に等しい言葉だった。

身を案じてくれている、山縣のその気持ちが分からないわけではない。それでも、怒りの方が先に立つ。

「あの人も頑固だから……」

公香が、髪をかき上げながら笑った。

「だけどさ……」

「子どもみたいなこと言わないの。どうせ、指示に従う気はないんでしょ」

「当たり！」

真田は姿勢を正し、公香を指差した。

「まったく。あんたも相当な頑固者ね」

「うるせぇ」

「でも、どうする気?」

「問題は、そこだ」

真田は腕組みをした。

山縣が単独で何かしようとしているのは確かだ。だが、それが何か分からない。

「私の推理を言っていい?」

公香が、楽しそうに目尻《めじり》に皺《しわ》を寄せて笑う。

こういうときの公香は、年齢よりはるかに若く見える。

表情によって様々な一面をみせるのが、公香の魅力の一つでもある。口には出さないが、そのギャップに、ドキッとさせられることは、多々ある。

「なんだ?」

「山縣さんも、さすがに一人では何もできないと思うの」

「そりゃそうだ」

「で、私たち以外に、誰を頼るかってところを考えればいいの」

「柴崎のおっさん」

真田は、思いつくままに口にした。

「正解！」

公香が、指を鳴らす。

「なるほど。こっちから柴崎のおっさんに先手を打って、連絡しておけばいいわけだ」

「そういうこと。ただし、真田がからんでいることは、内緒にした方がいいわね」

「そうだな。山縣さんのことだ。俺たちが、かかわっているって分かったら、それこそ単独で行動しちまうからな」

今まで、頭の中でもやもやしていたものが、公香と話すことで一気に吹き飛んだ気がする。

振り返っていた自分が、情けなくなる。

「これで一安心。山縣さんのこと、頼んだわよ」

公香は、ふっと息をついてから立ち上がった。

真田は引っかかりを覚えた。公香の今の言い方では——。

「公香も、一緒に行くんだろ」

「もちろん」

公香は、親指を立てて笑ってみせると、そのまま部屋を出て行こうとする。

「どこ行くんだ?」

「寝るに決まってるでしょ」

公香が、背中を向けたまま大きく伸びをした。

その姿を見て、さっきまですっきりしたと思っていた真田の心に、再びもやもやが生じた。

嫌な予感がする——。

「公香、やっぱ……」

「真田。あんた、そろそろはっきりしてあげなよ」

公香が、くるりと振り返りながら、真田の言葉を遮った。

いつになく、神妙な顔つきだ。

「何を?」

「志乃ちゃんのこと」

「は?」

「好きなんでしょ。付き合ってあげなよ」

公香は目を細め、意味深な笑みを浮べながら言う。

何かといえば、すぐにその話題を持ち出す。結婚を勧める親戚《しんせき》の叔母さんみたいだ。

「なんで、そうなんだよ」

「じゃあ、私と付き合ってくれる？」

ほんの一瞬、公香が真顔に戻った。

切れ長の目に射貫《いぬ》かれ、真田の心臓が大きく脈動する。

「お前……」

「バカね。冗談よ。あんたみたいにデリカシーのない男は、志乃ちゃんくらいしか、相手にしてくれないわよ」

公香が肩を震わせながら笑った。

――心配して損した。

「さっさと寝ちまえ！」

真田は、近くにあったクッションを公香に投げつけた。

公香は、それを難なくかわし、背中を向けて歩き出した。

「じゃあね。バイバイ」

手を振る公香の後ろ姿が、なぜか哀《かな》しく見えた。

三

公香は、晴敏が社長を務める桜田製薬の応接室にいた。

朝早く、何も言わずに探偵事務所を出て、ここに足を運んだ。

志乃が夢を見た状況から考えて、恭子のことと、これから起こるであろう山縣のことは、つながっている。

つまり、二つの事件を引き起こしているのは、黒木京介だ。

山縣と恭子を助けるためには、自分の手で黒木を殺すしかない。

公香は、覚悟を決めていた。

目的を果たすためには、黒木に会う必要がある。そこにつながる、唯一《ゆいいつ》の糸は晴敏だと考えていた。

もう真田たちに会えないかと思うと、やはり寂しい。今すぐにでも、飛んで帰りたい。

だが、何もしなければ、別のかたちで彼らに会えなくなってしまう。

今回の事件は、自分が招いたこと。だから、自分の手で決着をつけなければならない。

「何の用だ？」

晴敏が、憔悴《しょうすい》しきった顔で、応接室に現れた。

面会の申し出をしたとき、最初は断られた。だが、公香が「黒木京介の件で」と切り出すと、態度を一変させた。

それこそが、晴敏が黒木とかかわりがあるという証拠だった。

「あなたは、黒木京介に脅迫されているんでしょ」

公香は、単刀直入に切り出した。

晴敏は、返事をすることなく、顔の表情を歪《ゆが》め、視線を足許《あしもと》に落とした。

「知らん」

「娘の命と引き替えに、あなたは、何をさせられるの？」

「知らんと言ってるだろ」

晴敏は、苛立《いらだ》たしげに髪をかきむしる。

「あなたが要求を呑《の》んだとしても、それは繰返されるわ。あなたと恭子ちゃんは、一生黒木に怯《おび》えながら生きることになる。それでいいの？」

公香は、ずいっと晴敏ににじり寄る。

その問いかけは、自分にむけたものでもあった。

この先の人生を、ずっと黒木の影に怯えながら生きていくのか?

黒木が、刑務所に入ったことで、公香自身が安心し、忘れていたところがある。だが、黒木は生きている。

「ぐぅ……」

晴敏は身体《からだ》を反らし、頬を引き攣《つ》らせながら唸《うな》った。

「私が、終らせてあげるわ。だから、全《すべ》て話して」

「終らせる?」

「ええ。私が、黒木を殺してあげる」

公香は、口に出して言うことで、その言葉が持つ重さを、今さらのように実感した。

「そんなこと……」

晴敏が、ゴクリと喉《のど》を鳴らす。

「私は、黒木の愛人だったの。私なら、黒木に近づくことができるわ」

「し、しかし……」

「それで、あなたは解放されて、恭子ちゃんの無事は保証される」

「わ、私を騙《だま》そうとしているんだな」

晴敏は、額に浮き上がる汗を拭《ぬぐ》う。

「私は、かつて黒木を裏切った女よ。そのことがバレれば、確実に殺される。だから、その前に殺さなきゃいけないの」

「裏切った……」

「あなたは、全てを話して、私に協力してくれるだけでいいの。失敗しても、私が単独でやったことにすれば、あなたにリスクはないはずよ」

公香は、微笑《ほほえ》んでみせた。

だが、その心の底では、ガタガタと震えていた。

「や、奴《やつ》は、人には会わない」

「大丈夫。私には会うわ」

ハッタリではなく、公香は確信していた。

――黒木は、必ず私に会う。

公香は掌《てのひら》に滲《にじ》む汗を、パンツにこすりつけて拭った。

「私も、黒木に会ったことはない。連絡をとるのは、いつも、彼の部下の成瀬という男だ」

「じゃあ、その成瀬に連絡を取って」

公香は、ピシャリと言った。

誰を経由しようと、結果として黒木に会えればそれでいい。

晴敏は、それでも迷っているようだった。

ボタボタと顎《あご》先から汗を滴《したた》らせながら、両手をこすり合せるようにしている。

公香の作戦に協力したときの、メリットとデメリットを勘案しているのだろう。

「分かった……」

晴敏が、尻すぼみの声で言った。

「連絡してもらえるのね？」

公香は、確認の意味で訊《たず》ねる。

晴敏は、唇を噛《か》みながら何度も頷《うなず》いた。

四

志乃は、コンクリートの壁に囲まれた部屋の中にいた――。

さっき見た夢で、山縣が監禁されていたのと同じ場所だ。

だが、少し様子が違った。

山縣と公香が、向かい合うようにして立っている。

男が、何かを楽しむようにそれを見ていた。

右耳の上半分がちぎれた、あの男だ——。

公香も山縣も、傷だらけで、疲弊しきっている。

顔や腕のいたるところに、擦り傷や、殴られたような痣《あざ》ができている。

——何をしているの？

訊ねても、答えは返って来ない。

カチ、カチ——。

時を刻む音がする。

部屋の中央に、ドラム缶が三本置かれている。そこから複数のコードが伸び、アナログ式の時計につながれていた。

時計の針は、一時少し前を指していた。

公香が、ボロボロと涙をこぼしながら、何事かを叫んでいる。

それを黙って聞いていた山縣が、不意にナイフを高々と振り上げた。

——ダメ！

志乃は、叫びながら悶《もだ》える。

山縣と公香が、折り重なるようにして倒れている。
カチ、カチ——。
時が刻まれていく。
やがて、時計の針は一時ちょうどを指した。
部屋一面に炎が広がり、瞬《また》く間に二人を包み込んだ。

ふと、場面が変わった——。
どこかの部屋だった。ソファーが並ぶ応接室のような部屋。
そこに恭子と晴敏が寄り添うように座っていた。
男が、部屋に入って来る。
さっき、山縣と公香を見ていた男だ。
手にナイフを握っている。
何をしようとしているのか、すぐに察しがついた。
——お願い。止《や》めて。

「志乃！」

自分を呼ぶ叫び声で、志乃は現実の世界に引き戻された。

目を開けると、呼吸も荒く、額に汗を滲《にじ》ませた真田の顔があった。怒ったように険しい表情をしている。

「真田君……」

志乃は、頭の痛みを堪《こら》えて上体を起こす。

辺りは、すっかり明るくなっていた。

昨晩、公香と話をしていた。水を飲んだあとに、急激な眠気に襲われ、そのまま眠り込んでしまったらしい。

いや、違う——。

「公香がいない。どこに行ったか知らないか？」

真田が早口に言う。

「いないって、どういうことです？」

「分かんねぇよ。朝起きたら、公香の姿が見えないんだ。それに、山縣さんも……」

真田は、脱力したようにベッドの縁に座った。

驚くのと同時に、自分の中に芽生えていた疑惑が、確信に変わる。

「公香さんは、あたしに睡眠薬を……」

「なんだって？」

「昨晩、公香さんと話したんです。夢の中で山縣さんが殺されて……それで、水を飲んだら急に……」

気が動転して、支離滅裂な説明になってしまう。

だが、それでも真田は話の真意を汲《く》み取ったらしく、「くそっ！」と、自らの太ももを殴った。

「俺も昨夜、公香と話したんだ」

「え？」

「恭子を助けるために、がんばろうって……それで安心してたんだ……」

その先は、言わなくても分かる。

公香は、真田を安心させるために、真意とは違う話をした。

そうやって公香は、真田や山縣、それに志乃に危険が及ばないよう、一人で事件を終らせようとしている。

——バイバイ。

最後に、公香が言った言葉が脳裏を過《よ》ぎる。

公香のあの言葉は、今生《こんじょう》の別れを意味するものだった。

志乃は、じわっと目頭が熱くなるのを感じた。だが、このまま涙を流したら、本当に二度と公香に会うことができない気がした。

だから――。

「山縣さんといい、公香といい、自分勝手なことしやがって……全部一人で抱えんなよ。俺は……」

真田の声は、今までに聞いたことがないほど弱々しかった。

心の中にある、大事な何かが折れてしまっているようだった。

――諦《あきら》めちゃダメ！

志乃は、胸の中で強く念じる。

諦めたら、それで終わり――そのことを志乃に教えてくれたのは、誰あろう真田だ。

「追いかけましょう！」

志乃は、真田が固く握った拳《こぶし》に、そっと触れた。

真田が、驚いたように顔を上げる。志乃は、真田に触れる手に力を込める。それと反比例するように、真田の拳が緩んでいく。

「俺は……」

「山縣さんと公香さんを見つけて、それで、いっぱい文句を言ってやりましょう」

「そうだな」

子どものように無邪気な笑顔を浮べた真田は、ぐっと志乃の頭を抱き寄せた。

真田の厚い胸板に押しつけられ、息苦しさを感じたが、同時に心地よくもあった。

――真田のこと、お願いね。

公香が言っていた、別の言葉が思い起こされる。

志乃は、あれが公香の本心だとは思っていない。本当は、彼女自身が――。

その先のことは、直接本人に訊《き》こう。

志乃は、決意を固め、真田から離れて顔を上げた。

五

「さて、これからどうするかだ」

真田は、応接室に志乃と鳥居が集まるのを待ってから、話を始めた。

山縣と公香は、それぞれ黒木という男を追って、単独行動に走り、姿を消してしまった。

何より、志乃が見た夢は無視できない。

このままいけば、一時ちょうどに、山縣と公香が死ぬことになる。それを実行するのは、黒木という男。

二人の安全を確保しなければならないのはもちろん、恭子のことも放置するわけにはいかない。

彼女も、志乃の夢の中で黒木に襲われている。

やることが多い上に、人手も足りない。本当に、頭が痛い。

「どちらかに絞るしかないな」

壁に寄りかかるようにして、腕組みをしていた鳥居が、ポツリと言った。

「どっちかを見捨てるってことか?」

真田は、食ってかかるように言った。

鳥居がそんなつもりで言ったわけじゃないことは承知しているが、苛立《いらだ》ちが収まらない。

「あたしも鳥居さんの意見に賛成です」

志乃は、はっきりとした口調で言う。

「志乃まで……」

「真田君の気持ちは分かります。でも、人手が足りないのも事実よ」

志乃が、潤《うる》んだ目を真田に向ける。

それを受け、真田はようやく少し冷静になることができた。

志乃にしても、鳥居にしても、好きこのんでそういう判断をしているわけではない。

「俺は……」

「それに、あたしの見た夢が正しいのなら……」

その先は言わなくても分かった。

さっき志乃が見たという夢。その中で、山縣と公香は一緒にいた。

志乃の夢を信じるなら、どちらかを追えば、両方に辿《たど》り着く。

二兎《にと》を追う者、一兎をも得ずではなく、一兎を追って二兎を得ようということだろう。

言いたいことは理解したが、問題は――。

「どっちを追う？」

真田の質問に、志乃が目を伏せた。

山縣と公香、天秤《てんびん》にかけられるはずもない。

「山縣さんは、柴崎という刑事と一緒にいるんだろ？」

鳥居が口を挟む。

「たぶん」

朝起きたら、山縣の姿はなかった。

そこで柴崎に連絡を取り、事件の件であとで落ち合うことになっていると教えてもらった。

「だったら、公香を追う方がいいだろう。彼女は孤立無援だ」

「そうだな」

真田は、納得して志乃に目を向ける。

志乃も黙って頷《うなず》いた。

鳥居の指摘通り、山縣はその所在がはっきりしていないが、一緒に刑事がいる。単独行動の公香を追う方が得策だ。

「それとももう一つ。どうやって、彼女を見つけ出す？」

さすが、元警視庁SATの隊員である鳥居の指摘は、いちいちもっともだ。

「発信器があります」

志乃が言った。

それは、真田も最初に考えた。

志乃がそれぞれの携帯電話に仕掛けたという発信器——だが、その手は使えない。

「公香は、ご丁寧に携帯電話を置いていったよ」

真田は、ポケットから公香が残していった携帯電話を取りだし、テーブルの上に置いた。

それを見て、意外なことに志乃はにっこり微笑《ほほえ》んだ。

「あたしが発信器を仕掛けたのは、実は、携帯電話じゃないんです」

「は？」

真田は、思わず呆気《あっけ》にとられた。

「腕時計です」

「だって、山縣さんは……」

「本当のこと言ったら、こういう風に、わざと置いていったりするじゃないですか」

志乃は、いたずらが見つかった子どもみたいに、ぺろっと舌を出した。

——やってくれる。

いつの間にか、志乃は、真田や公香を出し抜くほどのしたたかさを身につけていたようだ。

「これで、公香の居場所も分かる。さっそく行こうぜ」

意気揚々とソファーから立ち上がった真田を、鳥居が呼び止めた。

「闇雲《やみくも》に突っ込んでも、勝ち目はない」

「それに、恭子ちゃんも助けないと」

続けざまに志乃が言う。

「人手が足りないな」

鳥居がため息まじりにそれに応じる。

向こうは、分かっているだけで五人。しかも、銃を所持している。その上、公香だけじゃなく、恭子も救い出さなければならない。

――人手不足で、猫の手も借りたい気分だ。

脱力してソファーに倒れ込むように座った真田の頭に、ふとある人物の顔が浮かんだ。

「いた！」

「え？」

志乃がキョトンとしている。

「河合さんだよ。バイクショップの」

「協力してくれるかしら？」

「山縣さんに、恩があるって言ってた。やってくれるさ」

真田は、元気を取り戻し、勢いよく立ち上がり、携帯電話を手にとった。

六

公香は、腕時計に目を向けた。

晴敏が成瀬に電話を入れてから、すでに一時間以上が経過している。

応接室のソファーでただじっと待っているのは、思いの外ストレスが蓄積する。

時間が経過するにつれ、固めたはずの決意がぐらぐらと揺らぐ。

公香は、今まで何度も黒木の恐ろしさを目《ま》の当たりにしてきた。彼の一番の強みは、迷いが無いことだ。

人を傷つけるときも、躊躇《ちゅうちょ》しない。

そんな相手と対峙《たいじ》して、自分は迷うことなく、彼に刃《やいば》を突きつけることができるだろうか――。

「会うそうだ」

応接室のドアが開き、晴敏が入って来るなり言った。

望んでいたはずの言葉なのに、ぎゅっと胸が締め付けられ、息苦しさを覚えた。

死刑執行の宣告を受けた気分だ。

麻薬に溺《おぼ》れていた頃、死んでしまいたいと思うことが何度もあった。実際、手首を切ったこともある。

あのときは、死ぬことが怖いとは思わなかった。

だが、今の公香には、死に対する恐怖がはっきりとある。

それは、きっと失いたくないものがあるからだ。だから、生にしがみつく。

――逃げられない。

公香は拳を固く握り、自分に言い聞かせる。

もし自分が逃げれば、失いたくないものを失うことになる。

「そう」

公香は、覚悟を決めた。

「本当に、大丈夫なんだろうな……」

怖いのだろう。裏切りがバレたら晴敏の命はない。いや、それだけではない。恭子もただでは済まないだろう。

「大丈夫よ。もし失敗しても、あなたは何も知らなかったことにしてあげる」

公香は笑ってみせた。

「私が君を連れて行くことになっている」

「場所は？」

「追って指示がある。もうしばらく待っていてくれ」

「分かったわ」

――また、待つのか。

「黒木が私に要求したのは、現在休止中になっている製薬工場を、稼働《かどう》させることだ」

晴敏が、両手で顔を覆《おお》いながら話し始めた。

「製薬工場を？」

「そうだ。彼は、そこで合成麻薬を製造しようとしている」

「なんですって！」

公香は、突きつけられた事実に、声が裏返った。

日本で流通している麻薬は、そのほとんどが海外から密輸入された商品だ。

そのための費用が上乗せされ、ＭＤＭＡなどの合成麻薬も、原価が一錠一円程度のものが、末端価格では五千円ほどに跳ね上がる。

日本で製造できるようになれば、密輸の必要がなくなる。

だが——。

「そんなことをしたら、警察が摘発するでしょ」

「ずっとやっていれば、警察も気づく。だが、仮に一ヶ月程度の短期間であれば、気づかれない」

「だけど、一ヶ月では大した量が作れないでしょ」

「君は、製薬工場の生産能力を知らないんだ」

晴敏は顔をしかめた。

「どれくらいなの？」

「今回、黒木が要求している工場は、フルに稼働させれば、一日で一千万錠の錠剤を製造することが可能だ」

「い、一千万！」

それはとんでもない数字だ。

ＭＤＭＡの一錠あたりの単価が五千円だとして、わずか一日で五百億円分ということになる。一ヶ月稼働させれば、一兆五千億円。

それだけで、充分過ぎるほどの利益を生み出すことができる。

「とんでもない数字ね」

公香は、半ば呆《あき》れながら言う。

「彼らは、金儲《かねもう》けだけを考えているわけではない」

「どういうこと?」

「安価で販売し、日本での麻薬汚染を広げ、市場の拡大を図るつもりだ」

「そんなこと……」

――許してはならない。

公香は怒りにも似た感情が芽生えていた。

自分と同じような苦しみを抱える人間を増やすなど、あってはならないことだ。

「私にだって……」

晴敏が、唸《うな》るように言った。

「え?」

「私にだって意地はある。父親として、娘を守るという意地だ」

晴敏の背中は、少し震えていた。

それが、恐怖からなのか、怒りからなのか、公香には分からなかった。だが、その背中には、晴敏の言うように、親としての意地が見えた気がする。

「君が失敗したら、私が黒木をやる」

そう言い残して、晴敏は応接室を出て行った。

七

柴崎は、新宿中央公園の遊歩道を歩いていた。

「時間通りだな」

平和の鐘の下のベンチに腰掛けていた山縣が言った。

山縣と会うときは、いつもこの場所だ。

伊沢にだけは、今日、山縣に会うことを伝えてあった。黒木は、山縣を狙《ねら》っている。万が一ということもある。

予《あらかじ》め新宿中央公園に、私服警官を配置してもらう約束をさせた。

「遅刻の常習犯みたいに言わないでください」

柴崎は、苦笑いを浮べて山縣の隣に座った。

辺りに視線を走らせる。伊沢が約束を守ってくれているのなら、私服警官が近くにいるはずだ。

「黒木は、桜田製薬とつながっているようだ」

大きく息を吸い込んでから、山縣が言った。

「どういうことです？」

柴崎は、思わず声を上げた。初めて耳にする情報だ。

「根拠は、志乃の夢だ」

「夢……」

「そうだ。志乃は、桜田製薬の娘に触れたことで、久保の死を予知した。志乃は、夢の中で何度も黒木を見ている」

山縣の言っていることに間違いはないだろう。

「しかし、それでは警察は動けません」

柴崎は信じているが、警察は志乃の夢と事件の関連など、信じるはずがない。

「そうだ。だから、力を貸して欲しい。桜田製薬とのつながりを追えば、そこから黒木を炙《あぶ》りだすことができるかもしれない」

現在、警察は、全勢力を注いで黒木を捜索しているが、一向にその成果が上がらない。

そんな中、志乃の夢を足がかりに、黒木の行方を追うのは有効な手段だ。

「分かりました」

柴崎が頷《うなず》くのと同時に、山縣が何かに気づいたらしく、遊歩道の先に視線を向けた。

グレイのスーツを着た男が、ゆっくりと向かって来るのが見えた。

坊主頭《ぼうずあたま》で、右の耳が半分ちぎれている。形の整った眉《まゆ》の下にある目が、冷徹な光を宿していた。

「黒木……」

柴崎は、素早く立ち上がり、懐《ふところ》のホルスターにある拳銃《けんじゅう》に手をかけた。

「止《や》めておけ」

耳の後ろで声がした。

振り返ると、すぐ後ろに男が立っていた。駐車場で黒木と一緒にいた男だ。

——しまった。

今さら気づいても、もはや手遅れだ。

「銃を捨てろ」

背後の男が、銃口を柴崎の背中に押しつけながら言う。

この状況では、振り返って撃つこともままならない。

「くそっ」

柴崎は、言われるままにホルスターから拳銃を抜き、地面に落とした。

伊沢によって配備されている刑事たちが駆けつけるまで、時間稼ぎをするしかない。

黒木が、うっすら笑みを浮べながら、山縣の前に立った。

「やはり来たか……」

山縣は、苦笑いを浮べる。その目には、諦《あきら》めが滲《にじ》んでいた。

「一緒に来てもらおう。訊《き》きたいことがある」

黒木は、ずいっと山縣に歩み寄りながら言った。

山縣は、ちらっと柴崎に視線を送ったあと、黒木の指示に従って立ち上がった。

――まだか？

柴崎は、必死に視線を走らせる。

「応援は来ない」

背後の男が言った。

柴崎は、男の言葉の意味を察し、身体《からだ》の芯《しん》から震え上がった。

「君は、信じる相手を間違える傾向にあるらしい」

黒木が、憐《あわ》れみの視線を向ける。

――俺は死ぬ。

その絶望が身体中を駆け巡る。

「彼は見逃してくれないか」

　山縣が言った。

「山縣さん！」

　柴崎は、恐怖を振り払うようにして言った。

「残念だが、二人とも生かしては帰せない」

　黒木が、冷ややかに言う。

　――もうダメだ。

　諦めかけた柴崎の耳に、パトカーのサイレンの音が届いた。

　黒木もそれに反応して表情を固くする。

　――今がチャンスだ。

　だが、下手に動けば二人ともパトカーが到着する前に射殺されてしまう。結局、柴崎は動くことができなかった。

　黒木が拳銃を抜き、その銃口を柴崎に向ける。

「伏せて！」

　突然、叫び声が聞こえた。

　柴崎は、反射的に身体を伏せる。

パン、パンと乾いた銃声が立て続けに鳴り響く。

何が起きたのか、分からなかった。

それでも柴崎は這《は》いつくばるようにして、地面に落ちていた自分の拳銃を拾う。

顔を上げると、山縣を連れて走り去っていく黒木と、もう一人の男の背中が見えた。

「黒木！」

柴崎は、狙いを定めて引き金を引いた。

だが、当たらなかった。

黒木たちは、遊歩道の角を曲がり、見えなくなった。

「待て！」

そのあとを追おうと立ち上がった柴崎は、地面に蹲《うずくま》るようにして倒れている松尾の姿を見つけた。

腹から血を流し、悶絶《もんぜつ》している。

「ま、松尾！　お前、どうして？」

「い、行ってください……」

松尾が、苦しそうにしながらも、絞り出すように言う。

「なぜ、お前が……」

柴崎はハンカチを取りだし、松尾の傷口にあてがう。

「す、すみません……柴崎さんが心配で、あとをつけたんです……」

「お前……」

「助けようとしたんですが……この様《ざま》です」

松尾が、目に涙を浮べながら笑った。

紫色に変色した唇が、ぶるぶると震えている。

「もう喋《しゃべ》るな」

柴崎は、真っ赤に染まるハンカチを目にして、自分に対する怒りがこみ上げてきた。

——松尾が内通者ではないか？

そう疑っていたが、違った。

彼は、純粋に柴崎を慕い、単独行動を心配していただけだった。

八

「頼む。協力してくれ」

真田は、携帯電話を握りながら、深く頭を下げた。

簡単にではあるが、河合に現在起きていることを早口に説明した。

今は、ゆっくり時間をかけて説得しているだけの余裕がない。信じてくれることを祈るしかなかった。

〈何だか分からねぇけど、協力してやるよ〉

しばらく間があったものの、河合ははっきりした口調だった。

「マジで」

〈マジもクソもあるか。族は引退したけど、山縣さんと、公香さんがピンチだって聞いて、黙ってられるほど腐っちゃいねぇよ〉

「頼りにしてる」

〈調子のいい野郎だ。準備をして、三十分以内でそっちに行く〉

「十分だ」

〈分かったよ〉

河合の協力を取り付けたことで、少しだけ気分が楽になった。

「それで、公香の居場所は分かったのか?」

真田は、膝《ひざ》の上にノートパソコンを載せ、操作している志乃に訊《たず》ねた。

「はい」

志乃は、答えながらパソコンのモニターを真田に向ける。

そこには地図が表示されていて、赤い丸印が点滅しているのが確認できた。

表示されたのは、八王子市の外れだった。

「最初は新宿だったんですが、移動して今はここで止まってます」

志乃が、モニターを指でなぞりながら説明する。

「そこは、何があるんだ?」

「桜田製薬の工場です」

「なるほど」

真田は納得して指を鳴らした。

最初は、なぜ八王子なのか——という疑問があったが、そこが桜田製薬の敷地となれば話は別だ。

「ちょっと調べたんですが、この工場は、昨年から稼働《かどう》を停止しているようです」

「どういうことだ?」

「桜田製薬は、近年経営が悪化していました。経費削減の一環として、一部の工場の稼働を停止して、リストラをしたんです」

「製薬会社って、安定してるんじゃねぇの?」

薬は、絶対的な需要のあるものだ。そう簡単に経営が悪化するとも思えない。

「それが……診療報酬の引き下げで、病院側の経営が悪化して、そのしわ寄せが製薬会社にも波及したのです」

――なるほど。

「今は、無人ってことか？」

「はい」

「そこで決まりだな！」

真田は、パチンと指を鳴らした。

「仮にその場所にいるとして、どうするつもりだ？」

鳥居が、エアライフルの入ったケースを担《かつ》いで部屋に入ってきた。

その表情は、酷《ひど》く険しいものだった。

「そりゃ、正面突破に決まってんだろ」

真田の言葉を聞き、鳥居はふっと鼻を鳴らして笑う。

「だから、君は簡単にやられるんだ」

鳥居は、武井との対戦のことを言っているのだろう。いちいち、痛いところをついてくる。だが――。

「連れ戻すだけだろ」

「そこに、彼女が一人でいると思ってるのか?」

「それは……」

——確かにそうだ。

公香は、黒木を追って行動したのだから、一人でそこにいるはずがない。

「警察官を躊躇《ちゅうちょ》なく射殺するような奴《やつ》らだ。ノコノコ顔を出せば、かっこうの的になる」

鳥居は、ため息をつきながら、ソファーに座った。

「じゃあ、どうすればいいんだ?」

「ちょっと前に活躍した、須藤元気《すどうげんき》という格闘家がいた」

鳥居が、唐突に話題を変える。

その格闘家なら、真田もテレビで観《み》たことがある。

「背中にナスカの地上絵のタトゥーを入れてる奴だろ」

「そうだ」

「俺もタトゥーを入れるか?」

真田の軽口に、鳥居が噴き出して笑った。

「そういうことじゃない。彼は、試合中に、背中を向けて尻《しり》を叩《たた》いて相手を挑発したり、ロボットダンスを踊ったりするんだ」

真田は、思わず首を捻《ひね》った。

「そんなことしたら、たちまちボコボコだろ」

「その勝敗はさておき、不思議なことに、対戦相手は、彼の挑発やダンスを、黙って見ていたんだ。誰も、その間に攻撃しなかった」

「なるほど」

思わず感心してしまう。

「人間は、意表を突かれると、冷静な判断力を失う」

「何か作戦が必要ってことか？」

真田の問いに頷《うなず》いた鳥居は、志乃の方を振り返った。

「何か策を考えているんだろ」

志乃は、頷いて答えた。

「策って何だ？」

真田が訊ねると、志乃は逃げるように視線を逸《そ》らした。

「でも……」

志乃が口ごもる。

「迷っている時間はない」

鳥居が腕時計に目をやる。

つられて真田も時計に目を向ける。十一時三十分を回ったところだ。あと一時間三十分しかない。

「リスクが高すぎます」

志乃は、困惑したように眉《まゆ》を下げながら言う。

「そんなもん、最初から承知だ」

「あたしは……」

「君の見る夢は、たくさんある未来の一つのかたちなんだと思う」

志乃の言葉を遮るように鳥居が言った。

「可能性の一つ……」

胸の前に手を当てながら、志乃が呟《つぶや》く。

「そうだ。あくまでも、君が夢を見ないという条件のもとで展開される未来に過ぎない」

「そうでしょうか……」

「そうだ。君が夢を見て、何を選択するかによって、未来は変わるんだ。つまり、何も選択しなければ、未来は君の見た夢の通りになる。少なくとも、私は、君たちがリスクを承知で選択してくれたことで、今こうして生きている。違うか？」

鳥居の言葉には、説得力があった。

真田は、力を込めて言った。

「そうだ。俺たちが選択しなきゃ、山縣さんと公香、それに恭子も死ぬ」

「真田がいる。どうにかなるさ」

鳥居が、目を細めて笑った。

しばらく俯《うつむ》くようにして黙っていた志乃だったが、覚悟が決まったのか、表情を固くして顔を上げた。

「分かりました。お二人とも、あたしに協力してください」

志乃は、紙をテーブルの上に置くと、そこにペンを走らせながら、作戦の説明を始める。

夢で見た光景から判断して、山縣と公香は一緒にいるのは確かだ。それだけではなく、恭子も近くにいる可能性が高い。

一番の問題は、そこに黒木もいるということだ。

正面から乗り込んで行けば、山縣や公香、そして恭子は殺されるだろう。

それに、黒木の配下が何人いるか分からないが、返り討ちに遭うのが目に見えている。

警察を呼んだとしても、結果は同じだろう。

意表を突く方法で、一時的に黒木たちの視線を逸らし、山縣と公香、そして恭子の居場所を突き止め、救出する必要がある。

そういう意味で、志乃の立案した作戦は、有効なものに思えた。

「なるほど」

真田が納得したところで、携帯電話が鳴った。

表示されたのは、柴崎の番号だった。

九

公香は、二十畳程の部屋にいた――。

中央に大きな会議テーブルが置かれ、それを囲むように椅子《いす》が並んでいる。

壁にはホワイトボードが埋め込まれ、部屋の隅にはプロジェクターが設置されていた。

桜田製薬が所持する工場にある会議室だ。

今から黒木に会うと思うだけで、指先の震えが止まらなかった。

黒木は、恐ろしい男だ――。

公香は、それを改めて実感した。

だが、八年前にはそれが分からなかった。危険な仕事をしていることは承知していたが、具体的な内容は把握していなかった。

そんな公香が、黒木を密告しようと決めたのは、当時、刑事だった山縣に補導されたのがきっかけだった。

取調べにあたった皆川という刑事から、情報提供者、つまりスパイになれば、放免してくれると言われた。

自分の身かわいさと、スリリングな響きに誘われ、公香はスパイの真似《まね》ごとを始めた。

そこで知ったのは、あまりにも残酷な現実だった。

麻薬売買という犯罪の中で、黒木は平然と命の取り合いをしていた。

そして、怖くなった――。

黒木から逃れるために、彼を警察に引き渡した。

結局は、自分だけが助かりたかったのだ。そのツケが、今になって回ってきた。

「自業自得《じごうじとく》ね……」

呟いたところで、会議室のドアが開いた。

姿を現わしたのは、黒木だった。

坊主頭《ぼうずあたま》で、頰はこけ、病的なほどに青白い顔をしていた。だが、その中に光る目は、ギラギラと輝きを放っている。

紛れもなく、黒木京介だ――。

公香の心臓が、ドクンと音を立てて大きく脈打つ。

黒木の視線にからめとられ、膝《ひざ》が震えるほどに恐ろしい一方、なぜか、心の片隅に彼を懐《なつ》かしむ感情もあった。

忘れていた記憶が、一気に蘇《よみがえ》ってくる。

黒木に対する感情は、決して恐怖だけではなかった。

その唇の暖かさ、寂しげな目、ときおり見せる子どものような無邪気な笑顔。

かつて、確かにこの男を愛していた――。

「整形したのか？」

黒木が、太くよく響く声で言った。何度もその甘い声を、耳許《みみもと》で聞いた。心が揺れる——。

「ええ。鼻と顎《あご》を少しね。気に入らない?」

公香は、意識して微笑《ほほえ》んでみせた。

「いや、綺麗《きれい》だ」

黒木が、じらすように時間をかけながら、公香の前まで歩み寄ってくる。

彼との距離に比例して、公香の鼓動は激しさを増す。

それが、恐怖による緊張から来るものなのか、或《あ》るいは、過去の恋人に再会したことに対する喜びなのか——。

公香は、流されそうになる心を、必死につなぎ留めた。

黒木を殺さなければ、山縣が死ぬ。それだけじゃない。真田や志乃、それに恭子まで。

——昔とは違う。守らなければならないものがある。

公香は、右手を腰の後ろに回した。

ベルトの裏側に、小さなポケットがついていて、そこに小型のナイフが隠してある。刃渡り十センチほどの細身のナイフ。

包丁のように振り回したところで、大した傷を負わせることはできない。急所を確実に突かなければならない。

狙《ねら》うのは、黒木のこめかみ。

息がかかるほどの距離まで来て、黒木が立ち止まった。

「会いたかった……」

黒木が、囁《ささや》くように言った。

その一言で、公香の心臓がぎゅっと締め付けられる。

冷徹なこの男でも、誰かに会いたいと願うことがある。しかも、その相手が自分だとは——公香の中に小さな罪悪感が芽生える。

だが、裏切らなければならない。

「私も……会いたかったわ」

公香は、真《ま》っ直《す》ぐ黒木を見返したまま、素早くベルトからナイフを抜き取り、黒木のこめかみめがけて突き立てた。

確かな手応《てごた》えがあった。だが、黒木は微笑みを浮べている。

「残念だったな」

黒木が言った。

「え？」

公香のナイフは、黒木のこめかみではなく、左腕に刺さっていた。

行動を先読みして、ナイフの一撃を防いだのだ。

腕から、ボタボタと血が滴《したた》り落ちる。

だが、黒木は、ナイフを抜くことも、痛みに表情を歪《ゆが》めることもなく、血塗《ちまみ》れの手で公香の頬を触った。

「名前も変えたんだな。今は、公香と名乗っているようだな」

黒木が、冷たい目で言う。

「な、なんで……」

「山縣の探偵事務所で働いているらしいじゃないか」

——全《すべ》て、お見通しだった。

公香の中に、わずかにあった恋慕の感情は消し飛び、恐怖に変わった。

「私は……」

喉《のど》が震えて、うまく声を出せない。

「入れ」

黒木が、ドアを振り返り声を上げる。

その指示に従い、成瀬が会議室に入って来た。

「お前が、名前と顔を変えたように、こいつも名前と顔を変えたんだ」

黒木に言われ、急速に公香の記憶が蘇って来た。

かつて、黒木の右腕としていつも側《そば》にいた男がいた。黒木が逮捕されたとき、一緒にいたが、彼は微罪で執行猶予《ゆうよ》の判決が出た。

「新山《にいやま》……」

公香は、思い出した名前を口にした。

「そうだ。新山も、最初はお前が理子だとは気づかなかった。だが、お前がここに来る姿を見ていた新山が言うんだ。あれは、理子ではなく、山縣のところで働いている探偵だと……」

黒木は、表情一つ変えずに、腕に刺さったナイフを抜いた。

血が飛び散り、公香の頬に当たる。

「なぜ、かつての恋人が、山縣の事務所で働いているのか？　考えられる答えは一つしかなかった」

黒木が、ナイフの切っ先を公香の眼前でちらつかせる。

公香は、呼吸を荒くしながら、ただじっとしていることしかできなかった。

「実は、山縣もここにいるんだよ」

黒木が、ニヤリと笑う。

「え？」

「どうしたい？　どうして欲しい？」

黒木が、ずいっと歩み寄って来る。

公香は、逃げるように、ただ後退《あとずさ》りする。

だが、すぐに壁に阻《はば》まれた。

黒木が、鼻先がつくほどに、顔を近づけてくる。

——もう、ダメだ。

そう思った瞬間、身体《からだ》の力が抜け、公香はずるずる壁に背をつけたまま座り込んだ。

「すぐには殺さない。お前らには、面白いショーを用意してやる」

黒木は冷ややかに言った。

もはや、公香に黒木の顔を直視する気力はなく、両手で顔を覆《おお》った。

十

〈もしもし〉

真田が勢いよく電話に出る。

柴崎は、自分から電話したものの、どう話していいか分からず、肩を落として病院の廊下にあるベンチに座った。

〈どうした？〉

「すまない……」

柴崎は、絞り出すように言うのが精一杯だった。

少しの間があった。

〈何があった？〉

「山縣さんが、黒木に連れていかれた」

〈くそっ！〉

真田が苦々しく言う。

「すまない。俺のミスだ」

柴崎には、謝ることしかできない。

視線を上げ、廊下の先にある手術室に目を向けた。

固く閉ざされた扉の向こうで、松尾が弾丸摘出の手術を受けている。もし松尾に何かあれば、どう償うべきか分からない。

〈悪いけど、そういうのあとにしてくれないか〉

からっとした真田の声が返ってきた。

「あとって……」

〈悔やんだり、謝ったりするのはあとでいくらでもできる。それより、問題はこれからのことだ〉

柴崎は、思わず笑ってしまった。

どうも、自分はマイナスに考える傾向にある。だが、それでは何も解決しない。

真田の言う通り、問題は、これからどうするかだ。

まさか、そんな当たり前のことを、二十近くも歳《とし》の離れた青年に言われるとは思わなかった。

青臭い考えかもしれないが、正論だ。

「真田はどうするつもりだ？」

〈今、公香救出に向かうところだ。黒木が連れていったなら、多分、山縣さんもそこだな〉

「そうか」

――真田は、もう次に向けて動いている。

〈頼みがあるんだけど、いいか?〉

「ああ」

〈今から言う住所に、パトカーを寄越して欲しいんだ。一時ちょうどだ〉

「もしかして、そこに黒木が?」

柴崎は、思わず腰を浮かせた。

〈多分な〉

「すぐに向かわせる」

〈ダメだ〉

「なぜ?」

〈山縣さんと、公香を救出しなきゃならねぇんだ〉

「それは、警察が……」

柴崎は、言いかけて止《や》めた。

今から警察で人質の救出作戦を立てたところで、手遅れになる。

緊急の通報でパトカーを向かわせるとしても、サイレンを鳴らして近づいたのでは、今度こそ射殺される可能性が高い。

真田たちが山縣を救出するタイミングを見計らって、援護として警官隊を派遣する必要がある。

〈志乃の夢の通りなら、一時ちょうどに、そこで爆発が起きる。それまでに救出できなかったら、アウトだ〉

柴崎は、腕時計に目を向けた。

「あと一時間三十分……」

〈とにかく、頼んだぜ〉

「私も現地に向かう」

柴崎は、断られても行くつもりだった。

なんとしても、山縣を救出しなければならない。ミスを犯した自分の責任として、やるべきことだ。

〈あんたには、他にやるべきことがあるんじゃねぇの？〉

ズバリと言う真田の言葉に、柴崎は胸を撃ち抜かれた気がした。

冷静な判断力を失っていた。自分には、やらなければならないことがある——。

それを、改めて思い出した。

「そうだな」

柴崎は短く答えると、真田が言う所在地をメモして、立ち上がった。

——すまない。

一度だけ手術室を振り返り、心の中で呟《つぶや》いた。

様々な意味を込めての謝罪だった。

今回の事件の内通者は、松尾ではなかった。では誰か——柴崎は、すぐにその答えに行き当たった。

今日、山縣と会うことを伝えた人間は、一人しかいない。

柴崎は、決意を固めて廊下を歩き始めた——。

十一

公香は、黒木と成瀬に連れられて、地下にあるドアの前に立たされた。
これから何が起こるのか——気にはなったが、脳が想像することを拒否していた。

一つだけ分かっていることは、今から訪れるであろう死という現実だけだ。

「ドアを開けろ」

黒木が、耳許《みみもと》で言う。

公香は、言われるままに、震える手でドアを開けた。

「山縣さん！」

悲鳴に近い声を上げた。

コンクリートに囲まれたその部屋には、山縣の姿があった。

脱力したように壁に背中を預け、座っている。

肩から流れ出した血が、シャツを真っ赤に染めている。昨日、撃たれた傷が開いてしまったのだろう。

唇の端が切れ、血が滴《したた》り、左のまぶたが、目を開けていられないほどに腫《は》れている。

苦しそうに肩で呼吸を繰返していた。

「なんてことを……」

気がついたときには、公香は山縣に向かって駆け出していた。

「……なぜ、公香が？」

山縣は、息も絶え絶えに言う。

「私は……」

「公香は、お前を助けようと思ってここに来た」

言葉にならない公香に替わって、黒木が言った。

「バカなことを……これは、私が蒔《ま》いた……タネだ……」

公香は、首を左右に振った。

「違う。私が終らせなきゃいけなかったの。山縣さんや、真田を助けたかったから、私は……」

山縣に触れながら言葉を並べる公香だったが、最後まで言うことはできなかった。

黒木が、公香の髪を摑《つか》んで、強引に引き剝《は》がす。

「いつから、お前は、そうなった？」

黒木の目が、公香を射《い》貫《ぬ》く。

だが、不思議と公香は、今までのような恐怖は感じなかった。その目の奥で、何かが揺れているのを感じとったからだ。

「あなたは、まだ空っぽなの？」

「黙れ」

黒木が、力一杯公香の頰を殴った。

痛みはあったが、どんどん恐怖が薄らいでいく。

黒木の怖さは、その思考が読めず、感情が見えないところにあった。だが、今の黒木は苛立《いらだ》っている。

この男にも、ちゃんと感情があったのだ――そんな当たり前のことを実感した。

さっきまで大きく見えた黒木の存在が、小さく萎《しぼ》んでいく。

「かわいそうな人……」

公香は、黒木の目を見返しながら言う。

その一言で冷静さを取り戻したらしい黒木は、表情を引き締めると、成瀬に視線を向けた。

「やれ」

黒木が短く言うのと同時に、成瀬は山縣の胸ぐらを摑んで、強引に立ち上がらせると、三センチ程の細長い楕円形《だえんけい》の物体を、口の中に押し込もうとする。

山縣が、苦しそうにもがく。

「やめて！」

成瀬は、すがりついて叫ぶ公香を振り払うと、山縣の口をさらにこじ開けて、喉《のど》の奥深くに手を突っ込んだ。

山縣は、身体《からだ》をくの字に曲げ、ゴホゴホと咽《む》せ返る。

「何をしたの?」

公香は、山縣の背中をさすりながら、黒木と成瀬を睨《にら》んだ。

「彼には、この部屋のリモコンキーを吞《の》んでもらった」

黒木が冷ややかに言うと、目で成瀬に合図する。

それを受け、一度部屋を出て行った成瀬だったが、すぐに大きな台車を押して戻って来た。

ドラム缶が三つと、その上にアナログ式の時計が付いた機械が乗せられていた。

「ニトログリセリンが入っている」

黒木が、ドラム缶を叩《たた》きながら言う。

「ニトロ……」

公香は思わず息を吞んだ。

ニトログリセリンは、ダイナマイトの原料にもなっている爆薬だ。

「これは、起爆装置だ。ヘタに触らない方がいい。素人《しろうと》が触れば、たちまちドカン」

黒木が、アナログ時計の起爆装置を、愛《いと》おしそうに指で撫《な》でた。

公香にも、なんとなく状況が吞み込めて来た。

次に、黒木は手にしていた公香のナイフを、床に落とした。

「この部屋は、内側からも鍵《かぎ》がなければ開けられない。リモコンキーは、胃まで落ちている。吐き出すのは困難だ。何をすればいいか分かるな」

「そんな……」

生きている人間の腹を裂き、中から鍵を取り出せというのか――。

そのサディスティックな発想に、公香は身体の芯《しん》から震え上がった。

――そんなこと、できるはずがない。

「このまま二人一緒に死ぬのも、いいだろう」

黒木は、用件だけ告げると、成瀬とドアに向かって歩いて行く。

「君の選択を楽しみにしているよ。公香」

黒木は、敢《あ》えて今の名で呼んだ。

もう、彼の中に迷いはない。本気で、殺すつもりなのだと実感した――。

その言葉を最後に、ドアが閉ざされ、カチャッと鍵のかかる音がした。

十二

志乃は、ハイエースの荷室スペースに収まっていた。

運転席でハンドルを握るのは、さっき合流した河合。助手席には鳥居が座っていた。

窓の外に目を向けると、真田の乗ったハーレーが併走しているのが見えた。

「真田君、聞こえる」

志乃は、無線につないだインカムを使って、真田に呼びかける。

〈ああ、聞こえてるぜ〉

真田が親指を立てて合図する。

「もう一度、作戦を確認しておくわ」

〈ああ〉

「まず、あたしと河合さんで正面から製薬工場に入って、囮《おとり》として、中にいる人たちの気を引くわ」

〈河合のおっさん。頼むぜ〉

「誰に言ってんだよ。任せとけ」

河合が、真田の軽口に返した。

本当にありがたいと思う。

河合は、文句一つ言わずに、今回の無謀ともいえる救出作戦に協力してくれた。

「鳥居さんは、援護射撃をお願いします」

志乃は、鳥居に目を向けながら言う。

おびき出すことに成功した場合、鳥居が離れた場所から狙撃《そげき》を行い、黒木の配下の者たちを無力化させる。

シンプルだが効果的な陽動作戦だ。

真田が、バイクに乗りながら、鳥居を指差す。

〈頼むぜ〉

「努力する」

鳥居は、控えめな返答だった。

〈ずいぶん、弱気じゃねぇか〉

すかさず真田が突っ込む。

「言っておくが、私が持っているのは、競技用のエアライフルだ。殺傷能力はない」

〈そういうときは、嘘《うそ》でも、任せとけって言うもんだ〉

「嘘は嫌いでね」

〈自信がないのか？〉

「自信なんてないさ。人事を尽して天命を待つだけだ」

鳥居が頬を緩めた。

今回の作戦で、鳥居は肝になる。だが、不思議と志乃はそこに不安を感じなかった。

——鳥居さんなら、きっとやってくれる。

「真田君は、警備室に向かって欲しいの」

〈やっぱ、連絡は取れなかったか？〉

「ええ……」

志乃は、肩を落として答えた。

製薬工場の内部の情報を知りたいと思い、晴敏に連絡を取ろうとしたが、音信不通だった。

〈警備室はどこにある？〉

「地下の駐車場の脇《わき》にあるわ」

志乃は、パソコンのモニターに映る図面を確認しながら言う。

桜田製薬に問い合わせ、手に入れたものだ。

〈その監視カメラを使って、山縣さんと公香の居場所を突き止めればいいんだな〉

「恭子ちゃんも忘れないで」

〈了解〉

「あと、くれぐれも目立たないようにしてね」

志乃たちが敵を引きつけている間に、真田が内部に潜入して救出するという作戦だ。

目立って気づかれては、元も子もない。

〈分かってる〉

「真田君。頼りにしてるわ」

志乃は唇を嚙《か》み、併走する真田に目を向けながら言った。

〈怖いのか?〉

「怖くない……って言ったら嘘になるでしょ」

〈大丈夫。うまくいくさ〉

真田が明るく答えた。

根拠があるわけでもないのに、真田が言うと、本当に大丈夫な気がしてくる。

「そうね」

志乃は、大きく息を吸い込んだ。

信じなければ、成功はあり得ない。志乃は、覚悟を決めた。

十三

公香は、ただ呆然《ぼうぜん》と床の上に落ちたナイフを見ていた――。

アナログ時計は、すでに残り三十分を切っている。

山縣の口の中に手を入れたりして、何度もリモコンキーを吐き出させようとした。

だが、ダメだった。

黒木が言うように、リモコンキーは、胃まで落ちている。

コイン程度ならまだしも、大きさも重さもあるリモコンキーを自力で吐き出すのは、不可能に近い。

「こんなことになって、すまない……」

壁に寄りかかって座っている山縣が、か細い声で言った。

それが、公香の中で燻《くすぶ》っていた怒りに火を点《つ》ける。

「なんで、来たのよ！　私は、みんなを助けたかったから、ここに来たの！　それなのに、これじゃ意味がないじゃない！」

感情を爆発させることで、張り詰めていたものがプツリと途切れ、目からボロボロと大粒の涙がこぼれ落ちた。

自分のせいで、大切な誰かが死ぬなんて、たとえ生き残ったとしても、その重荷に耐えきれない——。

「それは、私だって同じだ」

山縣が、肩で呼吸をしながら言う。

「違うわ！　これは、私の過去なの！」

「あのとき、公香は、私に黒木を殺せと言った。だが、私にはそれができなかった。ほんのわずかな迷いから、弾丸は彼の額をそれ、右耳に当たった。その甘さが招いたんだ」

「違う！　違う！　違う！」

公香は、頭を激しく左右に振りながら、固く拳《こぶし》を握った。

確かにあのとき、公香は山縣に「殺して」と懇願した。だが、それができないことは、最初から分かっていた。

自分が黒木を殺したいのなら、いくらでもチャンスはあった。だが、実行に移さなかった。

結局は、逃げたのだ。

黒木を殺したかったのではなく、誰かが殺してくれればいいと――。

その先に何が待ち受けているのか、考えようともしなかった。

「私が、あのとき、麻薬になんか手を出さなければ……」

今さら、その後悔が芽生える。

実の父親に対する反抗であり、自分の抱える苦しみを和らげたいという安易な考えから、麻薬に手を出した。

半ば遊びのようなものだった。

みんなやってるから――。

そのときはそれでいい。だが、そこは、決して踏み入れてはいけない世界だった。

「それを言うな。誰にだって間違いはある。そうやって、元を正していけば、結局、生まれなければ良かったということになる」

山縣の言わんとしていることは分かる。だが――。

「そんなんじゃないよ……」

無性に哀《かな》しい気分になった。

どんなに嘆いても、今からでは過去は変えられない。

「公香、ナイフを取れ」

山縣が、額にびっしょり汗を浮べながら言った。

「え？」

「ナイフを取って、私を殺せ。お前だけでも逃げろ」

「何言ってんの？」

公香は、山縣の言葉を疑った。

「私は、本気だ」

改めて言うまでもなく、その眼差《まなざ》しから、山縣が本気であることは伝わってきた。

――私なんかのために、本気で自分の命を捨てようとしている。

本気であるからこそ、納得できなかった。

「どうして、そんなバカなことが言えるの？」

「バカではない。効率的な方法だ。二人死ぬか、一人死ぬか……」

「命がかかっていることに、数字を持ち込まないでよ！」

公香は叫んだ。

一人とか二人とかの問題じゃない。命は命だ――。

「他に、方法がないんだ」

山縣は表情を歪《ゆが》め、痛みを堪《こら》えながら立ち上がると、床に落ちているナイフを拾った。

――何をする気なの？

「私は、初めて公香に会ったとき、ある女性と重ねていた」

山縣が、ナイフを手にしたまま、訥々《とつとつ》と語り出す。

初めて聞く話だ。

「私は、その女性を助けてやることができなかった。だから、君のことは、なんとしても救い出すと決めたんだ」

山縣の目が、少し潤《うる》んでいた。

その目を見たとき、ようやく気づいた。

なぜ、自分が山縣の誘いを受けて、探偵事務所に入ったのか――。

仕事はなんだっていい。山縣に誘われたことが嬉《うれ》しかったのだ。彼の優しさに触れ、そこに父親の姿を見出《みいだ》していた。

「山縣さん……」

「分からなくていい。私は、どうしても公香には死んで欲しくないんだ」

山縣が、ナイフを大きく振り上げた。

公香には、その光景が、スローモーションに映った——。

十四

真田は、製薬工場の建物が見えてきたところで、バイクの速度を落とした。

奥多摩に近い山中に、ぽつんと建っている。

五十台は停められそうな広い駐車場があり、その奥に、三階建ての箱形の工場がある。

刑務所のようにぐるりと塀に囲まれ、正面玄関に通ずる門の前には、警備員が常駐するボックスがあるが、今は無人になっていた。

真田は正門の前を通過し、そのまま裏口に回る。

そこが搬入用の出入り口になっていて、地下の搬入口へと続くスロープが延びていた。

「あそこだな」

視線を走らせ、周囲に人がいないことを確認して、裏口の門から侵入し、そのままゆっくりスロープを下っていく。

下に降りきったところで、警備室の入り口を見つけた。

真田はバイクを降りると、すぐにドアにとりついた。ドアノブを回してみたが、鍵《かぎ》が閉まっている。

鍵穴を覗《のぞ》き込む。ピンシリンダータイプの鍵だ。

――これなら開けられる。

真田は、背中に背負ったリュックの中から、ピッキングツールとペンライトを取りだし、鍵を開ける作業に取りかかった。

集中力が必要とされる作業だ。額にじっとりと汗が滲《にじ》む。

十分ほど格闘したところで、カチャッと音がして鍵が開いた。

急がないと、志乃たちが到着してしまう。

真田は、身体《からだ》を滑り込ませるように、警備室の中に入った。

四畳ほどの狭いスペースに、操作パネルや、複数のモニターがところ狭しと並んでいる。

電源が落ちているらしく、スイッチを押しても、反応はない。

「どこだ？」

視線を走らせた真田は、壁面にブレーカーパネルを見つける。

「あれか……」

ブレーカーを操作すると同時に、警備室内の機器が一斉に動き出した。

八つ並んだモニターには、廊下や部屋など、それぞれ別の映像が映し出されている。

「さて、切り替えスイッチはどれだ？」

真田は、手をこすり合わせるようにしながら、操作パネルを目で追っていく。

——あった。

パネルに、「会議室」「応接室」「作業場1」などと書かれたスイッチを見つけることができた。

おそらく、監視カメラのモニター切り替えスイッチだ。

真田は、スイッチを次々押しながら、状況を確認していく。

〈真田君〉

インカムから志乃の声が聞こえてきた。

「今、警備室にいる。そっちは？」

〈もうすぐ準備が整うわ。真田君の方はどう？〉

「今、一階の会議室に四人いる。たぶん黒木と成瀬。城地と吉田だ」

〈もう一人が、どこかにいるはずだな〉

鳥居がすぐに答えた。

「ああ」

だが、作戦がうまくいけば、人数を分散させることができる。

真田は、さらに操作パネルにあるスイッチで映像を切り替えていく。

――山縣と公香はどこだ？

焦《あせ》りに反して、真田の目には別の人物の顔が飛び込んで来た。

「二階の応接室に、恭子と晴敏がいる」

二人で、寄り添うようにしてソファーに座っている。

どうやら、軟禁されているようだ。

〈二人を先に救出した方がいいわね〉

「そうだな」

真田は頷《うなず》いた。

監視カメラでは、山縣と公香の姿が確認できない。二人は、監視カメラのない場所にいると考えるのが妥当だ。

恭子と晴敏なら、二人がどこに行ったのか知っているかもしれない。

「準備が整ったら教えてくれ。まず、二階の応接室に向かう」

〈真田〉

　鳥居が声をかけてくる。

「何だ？」

〈気をつけろよ。奴《やつ》らは、もう一人いるはずだ〉

「分かってる」

　返事をした真田の頭に、一人の男の顔が浮かんだ。

　ムエタイ使いの武井だ。

　おそらく、恭子たちがいる二階の応接室は、武井が見張っている。

「借りは、百倍にして返してやる」

　真田は、呟《つぶや》きながら、狼《おおかみ》の牙《きば》が付いたチョーカーを握りしめた。

十五

　志乃は、緊張で喉《のど》が干上がっていた――。

　だが、ここまで来て引き返すわけにはいかない。

「大丈夫か？」

運転席の河合が声をかけてくる。

河合ときちんと顔を合せるのは、今回が初めてだが、その見てくれに反して、人を気遣う優しさのある人物だということは伝わってきた。

「派手に行きましょう」

志乃は、微笑《ほほえ》んでみせた。

「そうだな。陽動は派手じゃないとな」

河合は、答えると同時に、ハイエースのアクセルを目一杯踏み込み、何度もクラクションを鳴らしながら、製薬会社の敷地内に侵入した。

正門から駐車場に突入したハイエースは、その存在をアピールするように、蛇行運転を続ける。

志乃は、手すりを摑《つか》み、遠心力に振り回されないよう必死に堪えた。

タイヤを鳴らし、白い煙を上げながら、ハイエースが走り続ける。

何ごとかと、一階の窓が開き、何人かが顔を出し、驚いた表情を浮かべている。

「奴ら、気づいたな」

河合が、少年のように目を輝かせながら言う。

「ええ」

「最後の仕上げだ。摑まっとけよ」

河合は、駐車場に停まっている白いベンツに向かってハイエースを突進させる。

志乃は、ぐっと奥歯を噛《か》み、強く手すりを握る。

ハイエースが、白いベンツの側面に突っ込むのと同時に、激しい衝撃があった。

「まだまだ」

河合は、バックしながらハンドルを切り返すと、男たちが顔を出している窓に向かって突進する。

再び強い衝撃があり、車が大きく揺れる。

「大丈夫か？」

運転席の河合が、振り返りながら言う。

「なんとか……」

志乃は頭を振り、意識をはっきりさせる。

もたもたしている余裕はない。すぐに次の行動に移らなければならない。

「じゃあ、退散といきますか」

河合は、鼻息荒く言うと、素早く運転席を降り、後部に回り込み、ハッチを開ける。

志乃は、河合に用意してもらった渡し板を使って車から降りた。

「てめぇら！　何者だ！」

叫び声とともに、城地が工場から飛び出して来た。

すぐそのあとに、吉田も続いている。

「逃げろ！」

河合は、志乃の車椅子《くるまいす》を押しながら、全速力で走り出した。

「待て！」

城地と吉田が、すぐに追いかけてくる。

あと少しで敷地から出られるというところで、銃声が鳴り響いた。

さすがに河合が足を止める。

振り返ると、拳銃《けんじゅう》を持った城地と吉田が歩み寄って来るのが見えた。

「てめぇら、何者だって訊《き》いてんだよ！」

目を血走らせながら城地が言う。すぐにでも引き金を引きそうな勢いだ。

「こりゃヤバイな……」

河合が、ぼやくように言った。

本音で言えば、今にも泣き出しそうなほど怖かった。だが、志乃は腹の底に力を入れて、城地と吉田を睨《にら》んだ。

「拳銃がないと、何もできないのね」

志乃は意を決し、車椅子のハンドリムを動かし、河合の盾になるように、前に進み出た。

「あんだと？」

城地が、苦々しく表情を歪《ゆが》める。

「悔しかったら、あたしと素手で勝負してみる？」

志乃は、真田を真似《まね》て強気に挑発する。

城地の顔が、怒りで耳まで真っ赤になった。歯をギリギリ鳴らし、屈辱を嚙みしめる。

「このアマ……」

「強がっちゃって」

志乃が言い終わらないうちに、城地が左の拳《こぶし》を振り下ろした。

ゴツンと鈍い音がして、側頭部に熱を持った痛みが広がっていく。

「てめぇ！　女に手を出す奴は、許さねぇ！」

食ってかかろうとする河合だったが、城地はすぐにその銃口を向け、動きを制する。

「舐《な》めやがって」

城地の指が、引き金に触れる。

——お願い。間に合って。

志乃は、心の中で念じることしかできなかった。

十六

病院を出た柴崎は、まっすぐに新宿署に向かった。

真田たちは、山縣を救出するために行動を起こしている。柴崎にできることは、一つしかない。

署長室の前に立った柴崎は、ノックもせずに勢いよくドアを開けた。

伊沢は、まるで柴崎が来ることを分かっていたかのように、正面の椅子に座ったまま動かない。

余裕をみせたその態度が、余計に柴崎の怒りを刺激する。

「いきなり入ってきて、何の用だ?」

伊沢は、冷静な口調で言った。

「松尾が、撃たれました……」

柴崎は、ずいっと伊沢ににじりよりながら言った。

「聞いている」

伊沢が、ふっと肩の力を抜きながら答える。

柴崎の伊沢に対する疑念は、どんどん確信に変わっていく。

「では、何を言おうとしているかは、分かりますよね」

「君は、私を内通者だと疑っているんだろ」

悪びれた様子もなく、伊沢が言う。

そこまで平然と言われると、逆に柴崎の方が戸惑ってしまう。

「その通りです」

「疑いをかけるからには、それなりの根拠があるんだろうな」

伊沢は、ギロリと柴崎を睨んだ。

さすがにノンキャリアでここまで出世して来ただけはある。その目には、数多《あまた》の修羅場をくぐり抜けて来た迫力があった。

――なぜ？

今になって、柴崎の中に、その思いが膨らんでいく。

伊沢が、欲に駆られるような男とは思えなかった。

「根拠はあります。新宿中央公園で山縣さんと会うことを伝えた上で、現地に私服警官を配備するようお願いしたはずです」

「そうだったな」

伊沢が、目を細めながら言う。

そんな一言で済まされる問題ではない。危うく死にかけたのだ。

「だが、現場には誰もいなかった！　結果、松尾は撃たれ、山縣さんが連れ去られた！」

柴崎は、伊沢のデスクをドンと両手で叩《たた》いた。

だが、それでも伊沢は表情を変えなかった。

「そのことに関しては、すまないと思っている」

「松尾が死にかけたんですよ！　謝ってすまされる問題ではない！」

「それが、私を疑う根拠か？」

伊沢が冷ややかに言った。

物的証拠は何もない。あくまで状況証拠だけだ。だが、柴崎は、それだけで充分だと思う。

「私は……」

「君も、私も、踊らされたんだよ！」

柴崎の言葉を遮るように、伊沢が怒鳴った。

「なんですって……」

立場が完全に逆転している。困惑から、柴崎の声に力はなかった。

「私が新宿中央公園に私服警官を配備しなかった理由は一つ。本庁の公安部からストップがかかったんだ」

伊沢が、予《あらかじ》め用意された原稿を読むような、抑揚のない声で言った。

「どういうことです？」

「亡霊の組織の中に、公安部の潜入捜査官がいる。捜査妨害になると揉《も》めたんだ。君を呼び戻そうとしたが、間に合わなかった……」

無感情な声で言った伊沢だったが、その表情は怒りに震えていた。

「あのパトカーは……」

ここに来て、柴崎はある思いに至った。

あのとき、パトカーのサイレンが近づいたことで、柴崎たちは命拾いをした。

「私が手配した」

本庁との交渉は失敗したものの、パトカーを急行させたというわけだ。

柴崎の中で、さっきまでの熱がみるみる冷めていく。

だが、まだ分からないことがある。

「では、内通者は……」

「それは、私にも責任がある。内通者は、こいつだった」

伊沢は、デスクの引き出しから、マッチ箱ほどの大きさの黒い箱を出し、柴崎に放り投げた。

それは、盗聴器だった――。

「もしかして……」

「そうだ。この部屋の電話に仕掛けられていた」

――なんてことだ。

柴崎は、もはや声を出すことができなかった。

自分の愚かさに、ほとほと嫌気が差す――。

十七

「ダメ!」

公香は叫びながら、ナイフを振り下ろす山縣に突進した。

——死んで欲しくない。

この先、どうせ死ぬと分かっているとしても、山縣にだけは目の前で死んで欲しくない。

極限状態の中でありながらも、公香の思いは揺らがなかった。

山縣に抱きつくようななかっこうになった公香は、そのままもつれ合うように、床に倒れた。

仰向《あおむ》けに倒れた山縣が、驚いたように目を丸くしている。

覆《おお》い被《かぶ》さるような姿勢でその顔を見た公香は、ほっと胸を撫《な》で下ろした。

——まだ生きている。

それだけでいい。もう少しだけ、山縣と一緒にいられる。

「もういいよ。もう、いいから……」

公香は、掠《かす》れた声で訴えた。

目から、ボロボロ涙がこぼれ落ちる。だが、それは恐怖からくるものではなかった。

現実を受け止める覚悟ができた——。

「公香……」

山縣が、その名を呟《つぶや》く。

公香は、今の自分の名前が好きだった。その名で呼ばれている瞬間は、忌《い》まわしい過去の全《すべ》てを忘れることができた。

誰かに望まれているような気がした。

認められているように思えた。

「もう、一人は嫌なの。だから、最後まで一緒にいてよ」

公香は、身体《からだ》の力を抜き、山縣の胸に顔を埋《うず》めた。

汗でしっとりと濡《ぬ》れ、体臭に血の臭《にお》いが混ざっている。だが、それでも公香は、居心地の良さを感じた。

微《かす》かに聞こえる鼓動に耳を傾け、呼吸によってゆっくり上下する胸に身を委《ゆだ》ねていると、心の奥で凍っていたものが、溶け出していくような気がした。

混ざり合って、一つになっているような感覚——。

「すまない」

山縣が、また謝った。

「もう、そういうの、どうでもいいよ」

「そうだな……」

照れ臭そうに言ったあと、山縣の腕が公香の背中に回り、強く抱きしめた。
こうやって、山縣の腕の中で死んでいくのも悪くない。

十八

志乃の合図を受けた真田は、非常階段を使い、二階まで駆け上がる。
ちらっと外に目をやると、正門から敷地に侵入してくるハイエースが見えた。
――派手にやってるな。
微笑《ほほえ》んだ真田は、廊下に出る。
十メートルほど先、応接室の前にいる武井の姿を見つけた。
ドアを開け、今まさに部屋の中に入ろうとしているところだった。
――見ぃつけた。
真田は、武井に歩み寄って行く。
「第二ラウンドといこうか」
真田は、ファイティングポーズをとる。
武井は苦々しい表情を浮べ、いかにも面倒だという風に、ため息を吐《つ》く。

「残念だが、今は君とやり合ってる時間はない」

武井が言う。

――俺じゃ、相手にならないってか。

「お忙しそうで何よりですね」

真田は、問答無用で武井に向かって右のストレートを打ち出す。

だが、ヒットしなかった。武井はスウェーして攻撃をかわすと、ステップを踏みながら距離を取る。

さらに突進しようとした真田の鳩尾《みぞおち》に、武井の繰り出した前蹴《まえげ》りがめり込んだ。

衝撃で、二歩三歩と後退《あとずさ》る。

腹にじんじんと痺《しび》れるような痛みが広がっていく。

まるで、金属の棒で突かれたようだ。

――だから、君は簡単にやられるんだ。

ここに来る前、鳥居が言っていた言葉が頭を過《よ》ぎる。

確かに、武井相手に正面突破は難しい。だが、自分から仕掛けたケンカで、逃げるわけにはいかない。

「これで終わりだ」

武井が、ガードを下げる。

「情けは無用」

真田は、大きく踏み出して武井との距離を詰めると、左のジャブを出す。

すかさず武井がスウェーして攻撃をかわす。

だが、左のジャブはあくまでフェイント――。

真田は、そのまま右回りで身体を一回転させながら、遠心力を乗せた右の裏拳《うらけん》を放った。

須藤元気が得意としていた技、バックハンドブローだ。

確かな手応《てごた》えがあった。

武井が、フラッシュダウンのかっこうになり、よろよろと体勢を崩す。

「逃がさねぇよ」

真田は、左のハイキックを放つ。

意識朦朧《もうろう》でバランスを崩している武井には、避けることも、ガードすることもできず、テンプルに綺麗《きれい》にヒットした。

武井は仰向けに倒れ、完全に意識を失った。

「油断大敵ってね」

得意げに言った真田は、武井の腰のベルトに、鍵《かぎ》の束がぶら下がっているのを目に留めた。

鍵の一つ一つに、「会議室」「応接室」といったラベルが張ってある。

——思わぬ収穫だ。

真田は、武井から鍵を奪い取ると、応接室のドアを開けた。

その瞬間、頭に衝撃があった。

不意打ちを喰らった真田は、よろよろとバランスを崩したが、壁に手をつくことで、どうにか堪《こら》えた。

顔を上げると、灰皿を持った晴敏の姿があった。

その横には、怯《おび》えた表情をした恭子が呆然《ぼうぜん》と立ち尽くしていた。

「バカ野郎！　勘違いだ！」

真田は、頭を押さえながら叫んだ。

「す、すまない……娘だけでも逃がそうと……」

晴敏が、オドオドとした口調で言う。

どうやら、晴敏にも娘を大切に思う気持ちはあったようだ。

「今がチャンスだ。さっさと逃げろ」

「すまない」

晴敏が恭子の手を引いて、部屋を出て行こうとする。

「ちょっと待て」

危うく、肝心なことを忘れるところだった。

「何だ?」

「山縣さんと公香は、どこにいる?」

「おそらく、地下の研究室だ」

「サンキュー」

「地下のフロアは、電子ロックがかかっている」

「どうすりゃいいんだ?」

「警備室でロックが解除できる。そこから搬入口を行けば近道だ」

——なるほど。

「分かった」

真田は、答えると同時に、走り出した。

十九

目の前にいる城地は、拳銃《けんじゅう》の引き金に手をかけ、まさに今、発砲しようとしていた。

志乃は、祈るように目を閉じた。

パン！

銃声が轟《とどろ》いた——。

しばらくの沈黙があった。

身体に痛みはなく、意識もはっきりしている。

志乃が目を開けると、城地が右腕を押えながら、身体をくの字に曲げ、低い声で呻《うめ》いていた。

——鳥居が、間に合ったようだ。

あまりのことに困惑していた吉田が、銃を構える。

だが、引き金を引くことはできなかった。

風を切る微かな音とともに、目を押さえて蹲《うずくま》った。

さすがの狙撃《そげき》技術だ。

「気を抜くなよ」

河合が、厳しい声で言った。

その言葉が示す通り、吉田が、苦しみながらも銃口を向けようとしていた。

河合は、吉田に向かって突進すると、その襟首を両手で摑《つか》み上げ、足を払いながらアスファルトの地面に投げ飛ばした。

背中を打ち付けた吉田は、ゴホゴホと咽《む》せ返る。

河合は、容赦なくその腹を踏みつけた。

気さくなバイクショップのオーナーだと思っていたが、腕っ節もなかなかのものだ。今の状況では、それが心強い。

「ふざけやがって」

城地が呻くように声を上げると、志乃に向かって突進してきた。

志乃は、車椅子《くるまいす》の背もたれの後ろから素早くスタンガンを取りだし、スイッチを入れて城地に突きだした。

バチッと電気の弾《はじ》ける音がして、城地が泡を吹きながら前のめりに倒れた。

「邪魔なんだよ」

河合は、すぐに城地の首根っこを摑み、放り投げてしまった。

「ナイス」

河合が、親指を立てながら笑う。

「いえ、ラッキーです」

否定しながらも、志乃は妙な高揚感を味わっていた。

〈片付いたようだな〉

インカムから鳥居の声が聞こえてきた。

「はい。助かりました」

〈礼はあとでいい。それより真田のことが気がかりだ〉

「そうですね」

二人は片付けたが、まだ中に黒木や成瀬が残っている。

誰一人として欠けて欲しくない。

――もし、足が動くなら、私も一緒に行くのに。

志乃は、祈ることしかできない自分がもどかしかった。

二十

警備室に戻った真田は、電子ロック解除のスイッチを押す。

――これで良し。

真田は、警備室の脇《わき》に停めてあったバイクに飛び乗り、エンジンを回す。

真《ま》っ直《す》ぐ延びる廊下に、バイクを走らせた。

搬入用のスロープは、そのまま地下の廊下につながっている。

「行くぜ」

真田は、バイクのエンジンを吹かし、そのまま建物の中に進入して、廊下を真っ直ぐに進む。

その突き当たりに研究室のドアが見えた。晴敏の言う通りなら、あのドアの向こうに山縣と公香がいる。

――あと少し。

そう思った矢先、真田の進路に一人の男が立ちふさがった。

――成瀬だ。

「どけ!」

叫ぶ真田だったが、成瀬はそれに動じることなく、拳銃を抜き、容赦なく連続で引き金を引く。

銃弾が次々とバイクに当り、ライトが砕ける。

「ここで退《ひ》けるか！」

真田は、アクセルを思いっきり捻《ひね》ったあと、ハンドルから手を離した。

急加速したバイクは、真田を後方に振り落とし、成瀬めがけて突進していく。

真田は、廊下をゴロゴロと後方に三回転したところで、ようやく止まった。

痛みを堪えながら顔を上げた瞬間、バイクが成瀬に正面衝突した。だが、それでも勢いは止まらず、成瀬もろともドアをぶち破って行った。

「鍵はいらねぇな」

真田はヘルメットを脱ぎ捨て、走り出す。

バイクがぶち破ったドアを抜け、部屋の中に入った。

壁とバイクに挟まれ、ぐったりしている成瀬の姿があった。

部屋の奥では、山縣と公香が寄り添うように座っている。

二人ともボロボロになりながらも、死人でも見るような目を真田に向けた。

「いい雰囲気のとこ悪いね。お邪魔なら帰るぜ」

真田は、いつもの調子で軽口を叩《たた》く。

それでも、二人はしばらく唖然《あぜん》としていた。

先に、山縣が噴き出すように笑った。

「あんた、バカじゃないの？」

公香が、それをきっかけに思い出したように立ち上がると、ヒステリックに叫ぶ。

相変わらずのようだ。だが、真田にはそれが嬉《うれ》しかった。

「今に始まったことじゃねぇだろ」

「そうね」

公香が声を上げて笑った。

「それより、さっさとここを出ようぜ」

「そうだな」

山縣が賛同して、危なっかしい足取りで立ち上がる。よろける山縣を、すぐに公香が支え、肩を貸す。

――こっちが大変なときに、二人はたいそう絆《きずな》を強めたようで。

真田は思わず頬が緩んだ。

山縣と公香が部屋を出るのを見届けてから、真田もあとに続いて部屋を出た。

あとは、この廊下を真っ直ぐ進み、外に出るだけだ。

そう思った矢先だった――。

「どこへ行くつもりだ？」

背後から声がする。

振り返ると、そこに一人の男が立っていた。

右耳の上半分が欠損し、マネキンのように生気のない顔をした男。

黒木京介だ――。

「初めましてだな。あんたが、公香の元彼か」

「誰だ？」

黒木が、ごく自然に拳銃を構えた。

――こいつはヤバイ。

真田は、理屈ではなく本能で感じとった。

冷たい目だ。他人に銃口を向けることに、何の迷いもない。こういう男は、必要だと思えば、躊躇《ちゅうちょ》なく引き金を引く。

「山縣さんの部下で、公香の同僚。ついでに言うと、あんたを捕まえた、皆川の息子だ」

「ほう」

黒木は、納得したように顎《あご》を上げた。

「公香、山縣さんを連れて逃げろ」

真田は、言うのと同時に、重心を低くして黒木に突進する。

黒木が引き金に指をかける。

瞬間、真田は身体《からだ》を丸め、前転しながら、右足の踵《かかと》を黒木の顔面めがけて振り下ろす。

空手でいう浴びせ蹴《げ》りだ。

だが、目測を誤った。距離が足りず、空振りしてバタンと仰向《あおむ》けに倒れる。

黒木が、今度は真田の頭に狙《ねら》いを定める。

「冗談じゃねぇ」

真田は、足の反動を使って起き上がると、そのまま黒木にタックルをして、さっき出たばかりの部屋に押し戻した。

黒木の手から拳銃が滑り落ちる。

もつれ合うように転がり、真田は仰向けに倒れる黒木からマウントポジションをとった。

こうなれば、こっちのものだ。

黒木が抜け出そうともがく。

「大人しくしろ」

真田は、黒木の顔面に鉄槌《てっつい》を叩き落とす。

黒木は憎しみを込めた目で見返してくるが、そんなものは関係ない。

「これは、山縣さんの分」

声を上げながら、真田は右の拳《こぶし》を黒木の鼻っ面《つら》に叩き落とす。

黒木の鼻から、鼻血が流れ出す。

「そんで、これは公香の分」

真田は、もう一発拳を振り下ろす。

とっさに黒木が顔を逸《そ》らす。真田の拳は左目をかすめた。

黒木は、それにより左の瞼《まぶた》をカットした。バックリと開いた傷口から、血が流れ出す。

「そんで、これが……」

真田は、渾身《こんしん》の右をたたき込もうと、拳を振り上げる。だが、その瞬間、左の太ももに強烈な痛みが走る。

見ると、黒木がナイフを突き立てていた。

「調子に乗るな」

黒木は、ナイフを突き刺したまま、ぐりぐりとかきまわす。真田を撥《は》ね飛ばすようにして立ち上がった。

痛みで力が入らない。黒木はそのスキを逃さず、真田を撥ね飛ばすようにして立ち上がった。


真田も、痛みを堪《こら》えながらどうにか立ち上がる。

だが、左足が思うように動かない。

黒木は、血の滴《したた》るナイフを持って笑っている。

確かに少し調子に乗りすぎたかもしれない。こりゃ、本格的にヤバイな――。

二十一

「公香、山縣さんを連れて逃げろ」

黒木を目の前にして、真田が発した言葉を聞き、公香は判断に迷った。

真田一人をここに残し、逃げるわけにはいかない。だが、ほとんど身動きのできない山縣をここに残せば、リスクが高まるのも事実だ。

あの部屋には、爆発物が仕掛けられている。爆発したときに山縣がここにいれば、その爆風に巻き込まれることは確実だ。

迷った末に、公香は山縣に肩を貸し、出口に向かって廊下を歩いた。

「私はいい。それより真田が……」

山縣が、真田の方を気にしながら、何度も言う。

「ちょっと黙ってて」

公香は、山縣を引《ひ》き摺《ず》るようにして、ひたすら廊下を進む。

——真田。待ってて。あとで必ず戻るから。

心の中で何度も念じながら歩く。

「すまない……」

「だから、謝らないでよ」

公香は、山縣を叱責《しっせき》するように言った。

今は、余計なことを考えたくない。

ようやく出口に辿《たど》り着いた。壁を背にして山縣を座らせる。

「ここで待ってて」

山縣に告げると、公香は廊下に舞い戻った。

——もう戻れない。

真っ直ぐ延びる廊下を見て、なぜかそう思った。ここは一方通行で、引き返すことはできない。

だからといって、立ち止まることもできない。

——今、行くわよ。

公香は、覚悟を決めて走り出した。

奥に進むにつれ、空気が重くなっていくような気がした。

まるで、過去に遡《さかのぼ》っているような感覚——実際、そうなのかもしれない。今、自分の過去と対峙《たいじ》するために、この廊下を進んでいる。

部屋まであと少しというところで、廊下に落ちている拳銃《けんじゅう》を見つけた。

さっき黒木が落としたものだ。

公香は、それを拾い、一歩一歩着実に進む。

部屋のすぐ前に辿り着いたところで、急に人影が飛び出して来た。

公香は反射的に拳銃を構える。

そこにいたのは、成瀬だった——。

成瀬は呼吸を荒くしながら、公香を睨《にら》んでいる。

公香は拳銃の引き金に指をかけた。

「ぐぁ！」

指に力を入れようとしたところで、悲鳴が聞こえた。

——真田の声だ。

公香はそちらに意識を持っていかれる。

成瀬はそのスキを逃さず、公香の脇《わき》をすり抜けて走り出した。

「止まりなさい！」

振り返りながら、公香は成瀬の背中に照準を合わせ、引き金を引いた。だが、弾丸は逸れ、天井の蛍光灯を砕いた。

——追うべきか？

迷いがあったが、結局、公香は構えた拳銃を下ろした。

さっきの真田の悲鳴。部屋の中の様子が気になる。

公香は、大きく息を吸い込み、部屋の中に飛び込んだ。

二十二

真田は、ナイフを持つ黒木と対峙し、動けずにいた。

まさに蛇に睨まれたカエルだ。

「形勢逆転だな」

黒木は、容赦なくナイフを持った右手を突き出す。

真田は、反射的に身体を右に振ってかわしたが、ナイフの切っ先が左の頬をかすめ、血が流れ出した。

——確実に止《とど》めを刺しに来ている。

黒木のナイフは、真《ま》っ直《す》ぐに急所めがけて突き出される。

一切手加減なしだ。

「卑怯《ひきょう》な野郎だ。武器を持たなきゃ、何にもできない」

真田は、唾《つば》を吐き付けて挑発する。

——頼む。乗ってくれ。

真田の願いもむなしく、黒木は再びナイフを突き出す。

バックステップでかわそうとしたが、痛めた左足が思うように動かなかった。

ナイフが左肩に刺さる。

だが、傷はそれほど深くない。なんとか致命傷は避けたものの、次はヤバイ。

ガタン——。

背後で物音がする。

見ると、バイクに挟まれていた成瀬が意識を取り戻し、ふらふらしながらも立ち上がるところだった。

二人でかかられたら、絶対に助からない。

「お前は、先に行け」

意外にも、黒木が言った。

「いや、しかし……」

「お前が生き残らなければ、亡霊は死んでしまう」

真田には、二人の会話の意味が理解できなかった。

だが、成瀬は迷いつつも「分かりました」と背中を向けて部屋を出て行こうとする。

「待てよ」

真田が声をかけるのと同時に、黒木がナイフを持って突進して来た。

どうせ避けられないなら——。

真田は、正面から突進する黒木を受け止めた。

「ぐぁ！」

脇腹にナイフが刺さり、思わず悲鳴を上げる。

だが、わずかに身体を反転させていたので、急所を避けることはできた。

「捕まえた」

真田は痛みに堪えながらも、黒木の右腕を左脇で抱えた。

「離せ！」

暴れる黒木を抑え、至近距離から右の肘《ひじ》を顎《あご》先にたたき込んだ。

黒木が膝《ひざ》から崩れる。

真田はそのスキを逃さず、ナイフを持った黒木の右手首を蹴り上げた。

黒木の手から、ナイフが離れる。

「もういっちょ」

かけ声と共に、真田は倒れ込みながら、黒木の顔面に渾身の右拳を振り下ろした。

全体重を乗せたパンチは、顔面をとらえた。黒木は完全に意識を失い、動かなくなった。

——もう限界。

立っていることができずに、真田はその場に座り込む。

「真田！」

ドア口のところで、声が聞こえた。

顔を向けると、泣きそうな顔で立っている公香の顔が見えた。

「ぶっ飛ばしてやったぜ」

真田は、親指を立ててみせた。

二十三

「あんたバカでしょ！」

公香は、ボロボロの真田を見て、思わず叫んだ。

さまざまな感情が身体《からだ》の中でまざり合い、キャパシティを超えて、一気に噴出した。

「バカで結構」

真田が、言いながら大の字に寝転んだ。

本当に規格外の男だ――。

公香は、改めて真田に目を向けた。

どんな障害があろうと、真田には関係ない。自らの信念に従い、ただ真っ直ぐに突き進む。

それを阻《はば》む壁があっても、いとも簡単に壊してしまう。

――ありがとう。

公香は、声にすることなく、口だけ動かして言った。

「うっ……」

呻《うめ》き声とともに、黒木がゆっくり身体を起こそうとしていた。

公香は、すぐに黒木の許《もと》に駆け寄り、その側頭部に拳銃の銃口を突きつけた。

「やれよ」

黒木が静かに言った。

「言われなくたって……」

公香は引き金に指をかける。

これを引けば、全《すべ》てが終る。悪夢から解放される。自分は理子としてではなく、この先ずっと公香として生きていくことができる。

「お前に、殺されるなら、それもいいだろう」

黒木が、はにかんだように笑った。

その目を見て、公香の心臓は、ドクンと大きく脈打つ。

何を迷っているのか、自分にも分からなかった。黒木は、ついさっきまで、自分を本気で殺そうとしていた男だ。

それだけじゃない。山縣や真田、それに志乃——。

彼を生かしておけば、また新たな危険を産む。八年前にできなかったことを今やるだけだ。

公香の目から、一筋の涙がこぼれ落ちた——。

——さようなら。

目を閉じ引き金を引いた。

部屋中に、銃声が幾重にもなって反響した。

——終った。

そう思った公香の耳に、真田の声が飛び込んで来た。

「バカなことやってんじゃねぇよ！」

目を開くと、黒木はまだ生きていた。

真田が、公香の腕を弾《はじ》くようにして、黒木に弾が当たるのを防いだのだ。

「何言ってるの？　彼を生かしておけば、また狙《ねら》われるのよ！」

「だからどうした」

公香の叫びを、真田が軽く受け流した。

「え？」

「そんときは、また返り討ちにしてやるよ」

真田は、ふんっと鼻を鳴らしながら言った。

そんな簡単なことではない。それは分かっているはずなのに、真田に言われると、なぜだかどうにかなりそうな気がする。

そのやり取りを嘲笑《ちょうしょう》するように、黒木の笑い声が部屋に響いた。

「君たちは、本当にめでたい。どちらにしても、全員死ぬんだ。もうすぐ、ここは爆破される」

黒木が、時計に目を向けた。

爆発までの時間は、すでに一分を切っていた。

この部屋を出たあとには、長い廊下が待っている。爆風は、銃身から飛び出す弾丸のように廊下を吹き抜けていくだろう。

自分一人で逃げるならまだしも、足に傷を負っている真田を連れて逃げるには、時間が短過ぎる。

――もうダメだ。

二十四

「公香！　バイクを起こせ！」

――まだ、諦《あきら》めない。

真田は、その思いで叫んだ。

「え？」

一瞬、戸惑った表情をみせた公香だったが、真田の意図を感じとったらしく、すぐに壁際《かべぎわ》で倒れているバイクを起こす。

真田は、その間にズボンのベルトを外し、それを左の手首に巻き付け、強く握る。

「エンジンは？」

真田の問いかけに答えるように、エンジン音が響いた。

――よし、いける。

公香が、バイクを真田の近くまで移動してくる。

真田はベルトのバックルの部分を、バイクの二人乗り用のステップに引っかける。

次に、右手を伸ばし、黒木の左腕を摑《つか》んだ。

「何をする?」

黒木が戸惑った声を上げる。

おそらく、この男は常に誰かを疑いながら生きてきたのだろう。利害関係でしか人を見ることができない。

だが、世の中はそれだけじゃない。

「公香、出せ!」

「しっかり掴まっててよ」

公香は、そう言うとバイクのアクセルを吹かす。

加速で左手首にベルトが食い込む。右手には黒木を掴み、両サイドから引っ張られるようなかたちになり、身体が千切れそうになる。

だが、これを離せば全てが無になる。

「うおぉ!」

真田はバイクに引《ひ》き摺《ず》られながらも、叫び声を上げ、渾身《こんしん》の力を込める。

廊下を抜け、スロープに飛び出すのと、部屋で爆発が起こるのは、ほぼ同時だった。

爆風に煽《あお》られ、公香がバイクごと転倒する。

真田と黒木は、駐車場のコンクリートの地面を何度も転がり、ようやく止まった。

「真田、生きてる？」

ゆらゆらと起き上がった公香が言った。

「取り敢《あ》えずはな」

答えたものの、真田は身体がバラバラになったように痛み、指一本動かすことができなかった。

――ようやく終った。

「そこまでだ」

安堵《あんど》していた真田だったが、その声で現実に引き戻される。

――何ごとだ？

真田は、痛みを堪《こら》えてなんとか上体を起こす。

目に飛び込んで来たのは、拳銃《けんじゅう》を突きつける成瀬の姿だった。

「しつこい野郎だ……」

軽口を叩《たた》いたものの、もう真田に反撃する力は残っていない。

ただ、じっとその銃口を睨《にら》み付けるしかなかった。

「死ね」

成瀬が、引き金に指をかける。

さすがにもうダメだ。真田は、思わず目を閉じる。

銃声が響いた――。

ドサッと何かが崩れるような音がした。

目を開けると、成瀬が肩を押えて蹲《うずくま》っていた。

――どういうことだ？

混乱する真田の前に、一人の男が歩み出る。武井だった。

「お前……」

「警視庁公安部の鈴本《すずもと》だ」

鈴本は、ジャケットのポケットから警察手帳を取りだしながら言った。

――マジかよ。

「そういうことは、先に言ってくれよ」

知っていれば、あの場でケンカをふっかけることもなかった。

「君が、説明する前に襲いかかって来たんだ」

鈴本が苦笑いを浮べながら言った。

残念ながら、そこは否定できないところだ。

「水臭いこと言うなよ」

「まったく、君らのせいで捜査がめちゃめちゃだ」

「いいじゃんか。捕まえられたんだし」

真田は、それだけ言うと、再び大の字に寝転んだ。

「真田君！」

遠くから、志乃の声が聞こえてきた。

志乃も無事だったようだ。本当なら、起き上がって笑顔で抱きしめたいところだが、さすがにそんな気力はない。

遠くから、パトカーのサイレンの音が聞こえてきた。柴崎も、ちゃんと約束を守ってくれたようだ。

ふと視線を向けると、倒れている黒木を見下ろすように、公香が立っていた。

八年前までは、黒木の愛人の理子だったのかもしれない。だが、そんなことは関係ない。真田にとっては、どんな過去があろうと、公香は公香でしかない。

――そうだろ、公香。

真田は、心の中で呟《つぶや》いた。

エピローグ

柴崎は、新宿中央公園にある平和の鐘の下のベンチに座っていた。

ケヤキの葉を音もなくわたる乾いた風に、幽《かす》かな秋の気配を感じる。

事件から一週間――。

柴崎は、自分の無力さを嚙《か》みしめていた。今回の事件では、何一つできなかった。

それが、悔しい。

「待たせたな」

山縣が、身体《からだ》を引きずるようにして歩いてきた。

左腕を三角巾《さんかくきん》で吊《つ》り、顔のあちこちに擦り傷や打撲のあとが見える。

「大丈夫ですか？」

柴崎は、腰を浮かせて訊《たず》ねた。

「まだ少し痛むが、そのうち治るさ」

「手術もしたそうですね」

山縣は、黒木に鍵《かぎ》を呑《の》まされた。

通常の鍵であれば、下剤を飲んで排泄《はいせつ》されるのを待つのだが、呑まされたのは、リモコンキーだった。中の電池が漏れ出す危険性を考慮して、手術で取り出す方法がとられた。

「もう、抜糸も終っている」

山縣は顔をしかめ、苦労しながらベンチに座った。

——酷《ひど》い事件だった。

山縣の姿を見ながら、柴崎は改めてそれを痛感した。

二人のあいだに、沈黙の時間が流れる。

吹き抜けるビル風が、誰かの悲鳴のように聞こえる。

「それで、捜査状況は？」

山縣が、ゆっくり息を吐き出しながら訊ねた。

「まだ分からないことはありますが、概要は見えてきました。公安が内偵を進めていたので、それが事件解明に大いに役立ちます」

事件後、武井と名乗り、黒木の組織に潜入していた鈴本と顔を合せる機会があった。真田と一戦交えたという話を聞き、思わず笑ってしまった。

──探偵にしておくのは、もったいない。

それが鈴本の真田に対する評価だった。それは、柴崎も同感だった。

「公安は、黒木たちを追っていたのか？」

「いえ。桜田製薬の方です」

公安が最初に目をつけたのは、桜田製薬だった。

麻薬売買に関与している疑いがあり、捜査を続けるうちに、黒木たちの組織に辿《たど》り着き、潜入捜査を行った。

「桜田は、以前から黒木たちとかかわりがあったのか？」

「ええ、三年ほど前からです」

「なぜ桜田は、危険な連中とかかわった？」

山縣の表情は曇っている。

さほど親しくなかったとはいえ、桜田は山縣の高校時代の先輩にあたる。同じ柔道部で胸を借りた仲でもある。それなりに、思うところがあるのだろう。

「マリコというアイドルを知っていますか？」

くりっとした目に、ボブカットの黒髪。清純派で売り出しているアイドルだ。

「名前だけは……」

「彼女は、桜田製薬のイメージキャラクターを務めています」

「なるほど」

「黒木の右腕だった成瀬は、隠れ蓑《みの》として、タレント事務所の運営も行っていました。マリコは、成瀬の事務所の所属タレントだったんです」

「それで、成瀬が桜田にマリコを紹介したわけか」

山縣が、顎《あご》をさすりながら言う。

「CMに使って欲しいと交渉したようです」

「その条件として、肉体関係をもったってところか」

柴崎は頷《うなず》いた。

ＣＭ契約をとるために、タレントがスポンサーと肉体関係をもつ。業界内では、昔からよく聞く話だ。

だが、成瀬の本当の目的は、ＣＭの契約などではなかった。

「マリコは、成瀬から指示され、桜田の飲み物にＭＤＭＡを混ぜ、性交渉に及んだのです」

「それを強請《ゆす》りのネタにされたんだな」

「そういうことです」

製薬会社の社長が、タレントとみだらな関係になっただけではなく、その際に違法薬物を服用した。

そんなスキャンダルが公《おおやけ》になれば、ただでは済まない。

「バカなことを……」

山縣は、落胆したようにため息を吐《つ》く。

「同感です。最初の要求は小さいものでした。それが次第にエスカレートしていく。お決まりのパターンです」

最初に桜田に突きつけられたのは、MDMAの原材料となる薬品を横流しすることだった。

量を少しずつ増やし、やがてMDMAの製造そのものに荷担させようとした。

「娘は、それを知っていたのか？」

「詳しい事情は知らなかったと思います。ただ、父親が良からぬことをしているのは、感じ取っていたようです」

「彼女がターゲットにされたのは、桜田が抵抗したからか？」

「はい。黒木たちは、娘を人質にとることで、要求を呑ませようとしたんです」

せめて娘だけでも守りたい——そう考えた桜田は、苦肉の策として、高校の後輩であり、元警察官でもあった山縣に、娘の素行調査というかたちで依頼を持ち込み、身辺警護をさせようとした。

「それで、桜田はどうなる？」

「容疑が固まり次第、逮捕されます。犯罪に荷担したのは事実ですから……」

「そうか」

山縣はさらに深いため息を吐いた。

「とんでもない男に目をつけられたものです」

柴崎は、しみじみと口にした。

黒木京介は、柴崎が今まで出会った犯罪者のなかでも、一番恐ろしい人間だった。

収監後も、組織のボスとして、八年間にわたり獄中から部下たちに指示を出し続けていた。そして今回は、自殺に見せかけ、刑務所の医療システムの穴を突き、脱獄をやってのけた。

独房に残されていたパソコンにも、あえて一部のデータを残してあった。そうすることで、警察の捜査を攪乱《かくらん》し、コントロールしようとしていたのだ。

さらには、警察署に盗聴器を仕掛け、情報を入手し、捜査の網をかいくぐっていた。その後の調査で分かったことだが、盗聴器が仕掛けられていたのは、新宿署の署長室だけではなかった。見事なほどに警察を馬鹿《ばか》にしきっている。

類《たぐ》い希《まれ》な頭脳と行動力、そしてカリスマ性を併せ持った男。それがなぜ犯罪に走ったのか？

柴崎には、分からなかった。それに――。

「黒木は、なぜ危険を冒してまで、自分を逮捕した刑事たちに復讐《ふくしゅう》を企てたのでしょうか」

復讐などに固執せず、海外に逃亡することも可能だったはずだ。

「恐怖だよ」

山縣が、ポツリと言った。

「恐怖……ですか？」

「そうだ。黒木に逆らえば、警察官といえども命はない。そう知らしめるためだ」

「恐怖によって、自分の組織を支配するつもりだったと？」

「組織だけではない。対抗する勢力や警察に対してもだ」

逆らう者は、誰であろうと抹殺する。独裁者の発想だ。

「ですが、黒木はもう……」

柴崎は、複雑な想《おも》いを噛みしめた。

「あと、どれくらいだ？」

「医者の話では、数週間の命だそうです」

「そうか……」

黒木は、末期の膵臓癌《すいぞうがん》に冒されていた。

独房から、医療刑務所に移される直前の脱獄だったのだ。刑務所は、そのことを知っていたからこそ、黒木の自殺未遂を疑わず、すぐに病院への搬送手配をした。

脱獄後、黒木は何の治療も受けず、激しい痛みと闘いながら、今回の計画を遂行していたことになる。

並の精神力ではない――。

「黒木は、なぜそうまでして……」

視線を宙に漂わせながら、柴崎は口にした。

「あいつは、存在し続けようとしていたんだ」

山縣は、ゆっくりと立ち上がり、目の前にあるケヤキを見上げた。

「どういうことです？」

「黒木の母親は、麻薬漬けの娼婦《しょうふ》だった」

山縣は、思い出を語るかのように話し始めた。

八年前の捜査のとき、徹底的に黒木の前歴を調べ上げたのだろう。

「父親は？」

「いない。正確には、誰なのか分からない」

「そうだったんですか……」

「幼い頃から、母親の酷い虐待《ぎゃくたい》を受けていた。殴られ、蹴《け》られ、煙草《たばこ》の火を押しつけられ、そんな毎日を繰返すうちに、黒木は痛みを感じなくなった……いや、正確には、何も感じないことで、自分を守っていたのかもしれない」

「痛み……」

思えば、黒木はその言葉を何度も口にしていた。

もしかしたら、黒木は、再び痛みを感じることを求めていたのかもしれない。

「やがて、黒木の母親は、薬物の過剰摂取で死んだ。黒木は養護施設に入れられた。そして、今度はそこの職員が黒木を虐待した」

「虐待？」

「ああ。その職員は、小児の同性愛者だったんだ。黒木は、毎日職員の男の慰み者にされていた」

「なんてことを……」

柴崎は言葉に詰まった。

身よりのない子どもには、逃げ場所もない。黒木の心は、そんな環境の中で、歪《ゆが》んでいったのだろう。

「そんなある日、黒木は虐待を行っていた職員の股間《こかん》を、噛《か》みちぎったそうだ」

「うっ……」

その光景を想像し、柴崎は低く唸《うな》った。

「虐待の実態が明らかになることを怖《おそ》れた施設は、その事実を隠蔽《いんぺい》した。それ以来、施設の中で誰も黒木に逆らわなくなった」

「恐怖による支配ですか……」

「そうだ。自らの身を守るためには、支配する側に回ればいい。そして、それをもっとも効率的に行う方法は恐怖だ。黒木は、それに気づいた」

そんな黒木が、犯罪の道に足を踏み入れるのは、自然な流れだったのかもしれない。

恐怖によって支配される世界――。

「黒木は、自分の居場所を探していたのかもしれませんね」

息苦しさを覚えながら、柴崎は言った。

「そうかもしれんな」

「黒木は、今回の計画を実行したあと、どうするつもりだったんでしょうか？」

柴崎は、山縣の背中に訊《たず》ねた。

あと一ヶ月足らずで死ぬ。そんな状況の中で、金を儲《もう》けたところで、無意味だ。

「刑務所で、自分の病を知った黒木は、気づいたんだ」

「何にです？」

「何もないと」

振り返った山縣は、哀《かな》しみと怒りのまじった複雑な表情をしていた。

「何もない……」

「そうだ。力で服従させた者たちは、黒木が死ねば、その存在を忘れていく」

「そうですね」

生きているうちは、力で服従させることはできる。だが、死んだら終わりだ――。

何もない。何も残らない。無。

「黒木は、組織を成瀬に継がせようとしていたんだろ？」

山縣が訊ねた。

「なぜ、それを？」

柴崎は、訊《き》き返した。

山縣の言っていることは正しい。黒木は、成瀬に組織を継がせようとしていた。逮捕された成瀬の証言から明らかになったことだ。なぜ、山縣がそれを知っているのか分からなかった。

「勘だよ」

山縣が、おどけたように肩をすくめた。

「当りです」

「おそらく黒木は、自分の死を隠し、影武者として成瀬に組織を継がせることで、存在し続けようとしていたんだ」

——影武者。

成瀬が影武者として動くことで、黒木はいつまでも存在し続けることができる。

「まさに亡霊ですね」

「そうだな。だが、黒木が本当に望んでいたのは愛情だったんだろう」

山縣は、泣き笑いのような顔で言った。

——愛情。

確かに、黒木はそれに飢えていたのかもしれない。だが――。

「それは、力では手に入らない」

「絶対に無理だ」

「黒木は、それに気づかなかった……」

――それが、辛《つら》いところだ。

「爆発が起こったあと、あの冷徹な黒木が、心底驚いた顔をしていたんだ」

山縣が視線を足許《あしもと》に落としながら言う。

「なぜです？」

「逆らえば命はない――その恐怖は植え付けたはずだった。だが、公香も真田も、その恐怖を乗り越えて仲間を助けに来た。その上、自分たちを殺そうとした男をも助け出したわけだからな」

公香と真田、それに山縣に志乃。みんな、黒木の恐ろしさを知りながらも、信念を曲げることなく、最後までそれに抗《あらが》った。

黒木にとっては、カルチャーショックだったろう。

「守りたいものがあったから――ですね」

「そうだ。恐怖や力では、支配できないものもある」

山縣の背中は、泣いているように見えた。

あれだけの目に遭いながら、まるで、古い友人との別れを惜しんでいるようにも見える。

「山縣さん、なんだか、寂しそうですね」

柴崎は、感じたままを口にした。

「寂しい？」

振り返った山縣は、意外そうな顔をしていた。

「ええ」

「少し違うな」

「どう違うんです？」

「私の恋人だった女に薬を売っていたのが、黒木だった」

「そうだったんですか……」

柴崎は、思わず目を伏せた。

「私は、私怨《しえん》のために黒木を追っていた。彼を逮捕することが、せめてもの償いになると思っていた」

「償い……ですか……」

柴崎は、山縣の気持ちを理解しようとした。

「捜査にのめり込み、まだ未成年だった公香を利用したりもした。だが、黒木に拳銃《けんじゅう》を突きつけたとき、それが過《あやま》ちだと気づかされた。だから、私は黒木を殺せなかった……」

「憎しみでは償えない」

山縣は、大きく頷《うなず》いた。

「私は、黒木にそれを気づかされた。彼の存在なくして、今の私はない」

「宿敵のようなものですね」

「かもしれないな」

山縣は、照れたような、明るい笑顔を見せた。

その表情は、少年のように幼く見えた。過去の呪縛《じゅばく》を吹っ切ったような、晴れやかなものだった。

「一つ、頼みたいことがある」

しばらくの間を置いてから、山縣がポツリと言った。

※　※　※

公香は、そっと病室の扉を開けた――。

白い壁に囲まれた六畳ほどの広さの部屋に、ベッドがぽつんと置かれ、その上に一人の男が横たわっていた。

かつて公香が愛した男、黒木京介――。

公香が入室したことにも気づかず、ベッドで浅い呼吸を繰返している。

げっそりと痩《や》せ、顔色は青白い。天井に向けられた虚《うつ》ろな目は、黄疸《おうだん》により、黄色く変色していた。

人形のように無機質に見えた。

ベッド脇《わき》のサイドボードには、空の花瓶が置かれていた。

この病室に出入りするのは、医師と刑事だけ。そこに花を挿す者はいない。

今は、ただ死を待つだけの存在――。

逮捕後、黒木の病状が悪化し、警察病院に緊急入院することになった。計画が頓挫《とんざ》したことで、彼の中にあった活力が一気に失われたのかもしれない。

公香は、ゆっくりと歩みを進め、ベッドの傍らに立った。

黒木の身体《からだ》が、一回り小さくなったように見える。

この男に殺されかけたにもかかわらず、こうやって改めて対面すると、頭を過《よ》ぎるのは、出会った頃の楽しい思い出ばかりだ。

黒木の腕に抱かれると、寂しさを忘れられるような気がした。

見失っていた自分に、出会えた気がした。

錯覚ではなく、そのときは、確かに黒木を愛していた。

「不思議ね……」

公香は、囁《ささや》くように言った。

それに反応して、黒木の首がかすかに動いた。

視線がぶつかった――。

一瞬、ぎょっとした公香だったが、すぐに頬を緩めて微笑《ほほえ》んでみせた。

黒木の瞳《ひとみ》が、ゆらゆらと揺れていた。

微《かす》かではあるが、ガサガサに乾いた黒木の唇が動いた。

何か言おうとしたのだろうが、聞き取れない。

――もう、黒木には喋《しゃべ》る力も残っていない。

それを思うと、心臓がぎゅっと締め付けられるようだった。

公香はベッド脇の椅子《いす》に腰を下ろした。

恐怖の対象としての黒木ではなく、かつて愛した男としての黒木を記憶に留めよう。

今まで、黒木の存在を消そうとしていたが、それは間違いだった。

かつて黒木と愛し合った自分がいたからこそ、今の自分がいる。過去の自分を否定していては、新しい一歩を踏み出すことはできない。

だから――。

「私は、あなたを忘れない」

公香は、黒木の耳許で語りかけた。

応《こた》えてくれなくてもいい。ただ、死ぬ前に知っておいて欲しかった。

人をつなぎとめておくものは、恐怖だけではない。

「うっ……」

黒木が、呻《うめ》くように言いながら、公香に手を差し出してきた。

細くなった指先が、微かに震えている。

公香は、両手で包み込むように、その手を握った。

――暖かい。

黒木の口許が、ほんの少しだけ緩んだ。

公香には、それが微笑みに見えた。

――ほっとしているのかもしれない。

思えば、黒木はずっと仮面をつけて生きてきた。恐怖で服従させることでしか、他者とかかわることができなかった。

もう、そんな生き方をする必要はない。

「あなたも、私のこと、忘れないでね」

公香は、黒木の手を自分の頰にあてがった。

静かだった――。

どれくらいそうしていたのだろう――黒木の目尻《めじり》から、一筋の涙がこぼれ落ちた。

「なぜ泣くの？」

訊《たず》ねるのと同時に、公香の目からも、ボロボロと大粒の涙がこぼれだした。

――私は、なぜ泣いてるの？

胸の内に問いかけてみたが、その答えは、自分自身でも分からなかった。

公香は、ぎゅっと黒木の手を握りながら、泣き続けた――。

※　　※　　※

病院のエントランス前まで来た志乃は、手をかざして空を見上げた。

真っ青な空を、一筋の雲が流れていった。

乾いた風が吹き抜けていく。だが、今の志乃には、それが心地よく感じられた。

「公香は、戻って来るのかな？」

隣に立つ真田が、ぼやくように言った。その表情は、いつになく沈んでいた。

柴崎の計らいで、公香は黒木に会いに行っている。志乃と真田は、その迎えに出向いたのだ。

今回の事件で、公香の知られざる過去が明らかになった。そのことに対する驚きはあったが、それによって公香との距離を遠く感じることはなかった。

志乃は、今まで以上に公香に親しみを感じていた。

公香もまた、辛い経験をしながらも、必死に生きようとしていたのだ。

だから──。

「戻って来る！」

志乃は、力強く言った。

だが、志乃に不安がないわけではなかった。

事件のあと、事情聴取やら、山縣の手術やらで、ゆっくり公香と言葉をかわす時間がなかった。

自らの過去と対面した公香が、何を感じ、何を思っていたのか、知る由《よし》もない。

もしかしたら、真田の懸念《けねん》するように、みんなのところに戻らないという選択をするのかもしれない。

志乃自身、何度もそう思ったのも事実だ。

「だと、いいけど」

真田は大きく伸びをしたが、すぐに痛みに表情を歪《ゆが》めた。

毎度のことながら酷《ひど》い傷だ。足と左肩、それに脇腹をナイフで刺され、身体のあちこちに擦り傷が残っている。

真田は、今回もボロボロになりながら、最後まで諦《あきら》めなかった。

彼は、どんなことがあっても、絶対に信念を曲げない。無鉄砲なまでに、真《ま》っ直《す》ぐ駆け抜ける。

それがあったからこそ、公香と山縣を救うことができた。だが——。

「あまり、無茶しないで」

「文句があるなら、山縣さんと公香に言ってくれ」

真田は、おどけた調子で言った。

「他人に責任をなすりつけるんだ」

「別に、そういうんじゃねぇよ」

ばつが悪そうに、真田が顔を背けた。

志乃は、その姿を見て思わず笑ってしまった。

いくら志乃が言っても、真田は考えを変えないだろう。自分の身を顧みず、どこまでも走っていく。そうやって、周りの人を変えていってしまう。

——本当に不思議な人だ。

志乃が、改めて病院のエントランスに目を向けると、ガラス越しに公香がゆっくり歩いて来るのが見えた。

「ほら、来ました」

志乃は、エントランスを指差して真田に微笑みかける。

「やれやれ、うるさいのが戻ってきた」

文句を言いながらも、真田は嬉《うれ》しそうだった。

公香は、エントランスを出たところで、ふと足を止めた。

目を伏せ、何か迷っているようだった。

数メートル先にいるはずの公香が、ずいぶん遠くに感じられた。

今回の事件で、公香にはみんなを巻き込んでしまったという思いがあるのだろう。

自分がいなければ、みんなは危険な目に遭わずに済んだ——。

志乃も、その気持ちは分かる。

死を予見するという、この能力がなければ、みんなを危険な目に遭わせることがないと、何度も悲観した。

だが、そんな志乃を叱咤《しった》激励してくれたのは、誰あろう公香だ。だから——。

「公香さん！」

志乃は、身体を伸ばして大きく手を振った。

それでも、公香は足を止めたまま動かなかった。

——みんなのところに帰っていいのか？

その疑問が、公香の中に渦巻いているのだろう。

過去には、黒木の愛人で、薬物中毒に陥った理子という女性だった。だが、志乃にとっては、公香は公香でしかない。

「せっかく迎えに来てやってんだ。モタモタすんなよ」

真田が、不機嫌そうに言った。

ぶっきらぼうな言葉だったが、そこには公香を思う優しさがこもっていた。

「お帰りなさい！」

志乃は、声を張った。

照れ臭そうに顔を伏せた公香は、一歩一歩確かめるように歩き始めた。

「ただいま」

公香が、微笑みながら言う。

泣き腫《は》らしたのか、目は真っ赤に充血していたが、その表情はいつもの公香だ。

「お帰りなさい」

志乃は、強く公香の手を握った。

心地よいぬくもりが、肌を通して伝わってきた——。

参考文献

『図解雑学 刑法』船山泰範《ふなやまやすのり》（ナツメ社）
『図解雑学 毒の科学』船山信次《ふなやましんじ》（ナツメ社）
『図解雑学 警察のしくみ』北芝健《けん》・監修（ナツメ社）
『ザ・暗殺術——暗殺されないための必修198アイテム』
マーク・スミス ジョン・ミネリー／ハミルトン・遥子《ようこ》・訳（第三書館）
『別冊宝島161 実録！ムショの本——パクられた私たちの刑務所体験！』荒井彰《あきら》ほか（宝島社）
『雑学3分間ビジュアル図解シリーズ 刑務所——元刑務官だけが知る塀の向こうの世界』
坂本敏夫《としお》（PHP研究所）
『2006年度版 全国覚せい剤汚染地図』（竹書房）
『スケートボード A to Z——スケートボード・トリック HOW TO』
（トランスワールドジャパン）

この作品は二〇一〇年二月新潮社より刊行された。

仁木英之著

僕僕先生

日本ファンタジーノベル大賞受賞

美少女仙人に弟子入り修行!? 弱気なぐうたら青年が、素晴らしき混沌を旅する冒険奇譚。大ヒット僕僕シリーズ第一弾！

仁木英之著

薄妃の恋

—僕僕先生—

先生が帰ってきた！ 生意気に可愛く達観しちゃった僕僕と、若気の至りを絶賛続行中な王弁くんが、波乱万丈の二人旅へ再出発。

仁木英之著

胡蝶の失くし物

—僕僕先生—

先生が凄腕スナイパーの標的に?! 精鋭暗殺集団「胡蝶房」から送り込まれた刺客の登場で、大人気中国冒険奇譚は波乱の第三幕へ！

米澤穂信著

ボトルネック

自分が「生まれなかった世界」にスリップした僕。そこには死んだはずの「彼女」が生きていた。青春ミステリの新旗手が放つ衝撃作。

米澤穂信著

儚い羊たちの祝宴

優雅な読書サークル「バベルの会」にリンクして起こる、邪悪な5つの事件。恐るべき真相はラストの1行に。衝撃の暗黒ミステリ。

宮下奈都著

遠くの声に耳を澄ませて

恋人との別れ、故郷への想い。瑞々しい感性と細やかな心理描写で注目される著者が描く、ポジティブな気持ちになれる12の物語。

誉田哲也著

アクセス

ホラーサスペンス大賞特別賞受賞

誰かを勧誘すればネットが無料で使えるという「2mb.net」。この奇妙なプロバイダに登録した高校生たちを、奇怪な事件が次々襲う。

和田竜著

忍びの国

時は戦国。伊賀攻略を狙う織田信雄軍。迎え撃つ伊賀忍び団。知略と武力の激突。圧倒的スリルと迫力の歴史エンターテインメント。

有川浩著

レインツリーの国

きっかけは忘れられない本。そこから始まったメールの交換。好きだけど会えないと言う彼女にはささやかで重大なある秘密があった。

あさのあつこ著

ぬばたま

山、それは人の魂が還る場所――怯えと安穏、生と死の間に惑い、山に飲み込まれる人々の姿を描く、恐怖と陶酔を湛えた四つの物語。

今野敏著

ビート

―警視庁強行犯係・樋口顕―

島崎刑事の苦悩に樋口は気づいた。島崎は実の息子を殺人犯だと疑っているのだ。捜査官と家庭人の間で揺れる男たち。本格警察小説。

今野敏著

疑心

―隠蔽捜査3―

来日するアメリカ大統領へのテロ計画が発覚！ 羽田を含む第二方面警備本部を任された大森署署長竜崎伸也は、難局に立ち向かう。

ファントム・ペイン
—天命探偵　真田省吾3—

新潮文庫　か－58－3

平成二十四年七月一日発行

著者　神《かみ》永《なが》学《まなぶ》

発行者　佐藤隆信

発行所　株式会社新潮社

郵便番号　一六二—八七一一
東京都新宿区矢来町七一
電話　編集部(〇三)三二六六—五四四〇
　　　読者係(〇三)三二六六—五一一一
http://www.shinchosha.co.jp

価格はカバーに表示してあります。

乱丁・落丁本は、ご面倒ですが小社読者係宛ご送付ください。送料小社負担にてお取替えいたします。

印刷・株式会社光邦　製本・憲専堂製本株式会社

ISBN978-4-10-133673-2 C0193